巨象當車

緬甸阿瓦城附近車站名勒
茂沙拜者一日某辦貨車
由彼地通過一象在
鐵軌上緩行見迎不及被
撞倒路傍須臾直起立徐行
而去如象愛備之狀然雄大
車頭則已小有損壞矣

痾
雀

文以载车

民国火车小传

陈建华————

著

创于1897　商务印书馆

The Commercial Press

图书在版编目（CIP）数据

文以载车：民国火车小传 / 陈建华著 .
—北京：商务印书馆，2017
ISBN 978-7-100-12998-5

Ⅰ.①文… Ⅱ.①陈… Ⅲ.①中国文学—现
代文学史—文学史研究 Ⅳ.① I209.6

中国版本图书馆 CIP 数据核字（2017）第 047136 号

文以载车：民国火车小传

陈建华　著

———————————————————————

商 务 印 书 馆 出 版
（北京王府井大街 36 号　邮政编码 100710）
商 务 印 书 馆 发 行
山东临沂新华印刷物流集团
有 限 责 任 公 司 印 刷
ISBN 978-7-100-12998-5

———————————————————————

2017 年 5 月第 1 版　　　　开本 640×960　1/16
2017 年 5 月第 1 次印刷　　　印张 7.75

定价：48.00 元

目 录

自　序

这三篇写火车的，曾连载于《上海文化》上，现在就要变成一本小书，对我来说多少有点意外之喜。对现代文学里的交通工具有兴趣，跟我现在教书的上海交大似乎有缘，其实缘起于几年前我在香港科大上过一门关于中国现代文学与衣食住行的课。其中关于"行"的部分就会讲到《海上花列传》里长三堂子妓女乘着马车在大马路上兜风啦，鲁迅的《一件小事》啦，老舍的《骆驼祥子》啦，张爱玲的《封锁》啦，或者讲到一些不为人道的作品，如周瘦鹃的《火车上》、滕固的《摩托车的鬼》、萧红的《蹲在洋车上》等，仿佛独得之秘而不免喜形于色的样子了。

自那以后凡看到有关交通器具的图文，都会放在一个"民国交通"的文件专档里，渐渐的多了起来。也是因为近年来我大半时间一头扎在漫无边际的民国通俗文学的汪洋里，流连于都市物质文化的摩登光景，更有点迷途不知返了。

原先打算写了火车，再写电车、汽车、黄包车，乃至马车、飞机、轮船……这么一路写下去是个不坏的主意，许多地方没去过，虽是纸上风景，也有一番"知人论世"的乐趣。突然想起一位朋友说他不怎么喜欢旅游，所到之处没有他的想象世界来得美妙。他是诗人，这么说的时候我还在写点诗，于是秋水伊人，顿觉自己的情商打了折扣。

不知怎么会想起李笠翁的小说集《十二楼》来，讲楼的故事，不过得有亭台阁榭的搭配，就像下了火车进了城，还得滴滴打车或搭乘地铁或别的车。楼的故事无非是人情世界，却曲曲折折，惊喜不断。笠翁的小说特别讲究技巧，照他说这些故事是"空中楼阁"，因此读起来像在园林里游逛，眼前的景致忽而奇峰突起引人入胜，忽而曲径通幽别有洞天，不过这些都是他的好朋友杜濬说的。

明清时代的江南园林冠绝一时，那时有钱人喜欢给自己造园林，我们今天没得比。李笠翁最懂得生活之美，也精通园林美学，他的同代人也没得比。隋炀帝曾建造了"迷楼"，任其恣意享乐，宇文所安先生借题发挥，在《迷楼》一书中恣肆探索他的诗学的想象迷宫。然而李笠翁写《十二楼》因为他是个楼迷，对房价一目了然，也为有钱人设计庭院，可是一生漂泊，到晚年才在西子湖边买了一块地皮，起了个名叫"层园"，打算把亭台楼阁层层叠叠一直盖到山顶，结果可能是时间和金钱的原因而不了了之。

《十二楼》里的故事有悲有喜有赞有弹。有了楼不一定幸福快乐，有一篇叫《十卺楼》的，讲的是洞房花烛夜亲友们闹了新房走光之后，喜滋滋的新郎发现新娘是个"石女"，要行"人道"却没门，真令人哭笑不得。另一篇《萃雅楼》更是个惨无人道的悲剧：三个基友开了一家香铺，每夜在铺里戏弄后庭花，像个柜子里的乌托邦。其中一个叫权汝修，貌如美妇的一块小鲜肉；不料当朝气焰遮天的严世藩也有龙阳之癖，设计把权汝修骗到宫里，把他给活生生阉掉了。

写一写文学里的火车是一种找乐子的冲动，没等假期就出游，把项目核刊等学院指标撂一边，却是一次不赖的人文旅行，无须舟车劳顿。其实想法挺简单，从现代文学选读一些与火车有关的文本，可了解到二十世纪中国地图上铁道线越来越纵横交错，历史变脸的速度愈快，现代人也愈疲于奔命，不仅带来物质文明的进步，国人的生活方式和思维习惯也随之改变。我的出发点仍然是文学，做一些细读功夫，也联系到社会生活及权力机制各方面，给文化研究加码，弥新旧之鸿沟，汇中外于大观，但探究的是人心，而众多不同时期、流派和文类的作品犹如无数心灵之窗，其眼帘上万花筒般映现出车厢社会的里外镜像、山河大地铁道人生的景观。

火车总是依照时刻表前行，总是驶向下一个站头，车厢装八方旅客，陌生的心灵不可名状，在长烟呼啸中悸动，在铁轨的声浪中张开了梦的翅膀。虽然我所见有限，还得有所取舍，倾听文本的心声，其中往往不止一颗心在颤动，犹如千门万户，四周饰之以不同的表述风格、花哨的修辞、戏剧性的口吻，远较千篇一律的车厢窗格来得复杂。

临到动笔就手忙脚乱起来，就像出门难改的坏习惯，急急匆匆候分刻数，临到机场或目的地才发觉什么东西忘了，诸如手机充电线或电脑变换插头之类，引起不大不小的烦恼。写作过程中查出处找资料，打开理论武库十八般兵器大多生了锈，到头来发觉写得吃力且不够潇洒。本来应该更加有趣些，可是火车这个庞然大物落在中国土地上便激起千层浪，被视作追求富强之国的现代性表征，所谓"革命的火车头"与宏大叙事挂钩，这些对于今天的青年读者会闷懵，要为"革命"作注解就麻烦了。比如晚清时一些出访欧洲的外交使臣如志刚、郭嵩焘等，可说是最早体验火车游历的中国人。由他们带回种种域外的奇观妙闻，当然在他们对铁道传奇的赞美中不乏经国大业的宏论。

这方面的材料有不少，对于了解早期铁路在中国也颇为重要，可能见到有人写过，我就搁下了。尽管如此，我的叙事仍大致顺着时序，多半是自己的文学史专业在作怪，看米下锅，上菜加佐料也有限。所以既难如无轨列车飞驰般诗的想象，也没法学李笠翁那样充满奇思妙想而惊喜迭起。跟外国文学不一样，中国人不善写火车的罪恶谋杀，却不乏新婚蜜月或争风吃醋之类的旅行故事，这方面还没来得及八一八，其实也是关关雎鸠爱情传统的现代表现，虽然没有《十二楼》那样的色情段子。

讲文学故事也需要历史想象，是多久以来养成的习惯吧，在使用材料时如果不能落到具体时空，心里就不踏实，也希望能让每一滴海水蘸上阳光，因此对细节尤其着迷，如能将众多的故事编织成一幅各种关系经纬交错的复杂图景，方能体现历史的真实感。一般来说除非有必要，我不太喜欢摆弄理论，宁肯让文本自己说话，或说我自己的话。

不无反讽的是这一趟火车之旅，行李箱里缺了什么还在其次，丢不掉的是自己的习性、思考与写作的套路，它们像影子般伴随着我，有时想想却也莫名的喜欢起来，不然旅途会更寂寞。一天在机场书店看到《火车上的女孩》，一本惊悚犯罪的畅销小说，翻着翻着顿起杀心，为什么不把我那些"影子"统统干掉？一转身它们已逃得无影无踪。

近来"套路"常挂在我们嘴上，或许是一种思想贫瘠的症状。所谓套路者，"走的人多了，也便成了路"，不过时下首先是个经济术语，给股票、房贷套住，在中产阶级的虚幻摇篮里，甜蜜而不安了。在艺术领域中，一条路走的人多了令人生厌，有人要独辟蹊径自我作古，便有了先锋文学前卫艺术。的确通俗文学最讲套路，那是诉诸文化认同与消费惯性的缘故，就像明星突然要改戏路就踌躇再三。有关火车的作品聚在一起就变成一种文学类型，通过比较可看出套路和非套路反套路的辩证运动和作家之间的高低之分。

我写东西很慢，有时苦思苦想而难得惬意之句。比方说写完张恨水接着要写老舍，与转车差不多，车次与线路完全不同，须调理一番心境。像这样大站小站上上落落，有时干脆坐到一旁的沙发上，朝天花板发一阵呆。与铁道联袂而至的灾祸、罪恶与欺骗盘旋于脑际，庸人的感慨油然而生：泥马这火车是神马文明玩意儿，从前革命是历史的火车头，如今代表历史火车头的是楼市吧。窗外传来对马路建筑工地的阵阵机械声，两栋商厦拔地而起，渐渐的遮挡了我窗前的视域。夜间老是听到在某个角落里录音播放的，一个清晰而间断的女声——"倒车……倒车……倒车……"

前后半年里发生的一些事，似乎跟这几篇文章多少有点关联。大约三四月里听金宇澄老师说老吴亮开始写小说了，正在他原来写《繁花》的弄堂网上连载着。我连忙给吴亮老师打电话，他说是啊，年届花甲了，该爆发一下吧，你也在写啊。这倒是不假，他是《上海文化》的总编，说刊登两万字的文章，是从我开的头，这回火车文学的连载也多亏他的厚爱。

不多久吴亮的《朝霞》已见诸《收获》，我赶忙在附近报摊买了一本，哇噻，泱泱二十五万字！这部小说不好读，其"超文本"形式使先锋文学卷土重来，众家已有定评。这似乎也是一个"元概念"文本，读着读着愈觉得自己在爬山，眼见这座城市，连同整个时代、文明在我的腰间下沉，为一个思想主体所附身，在小说形式的炼狱中，历经九九八十一难而重生，如裸身欢呼于群山之巅。

一次在饭局上孙绍谊说最近有一本谈视觉文化的新书，是北师大的唐宏峰写的。大概也是绍谊兄的介绍，唐教授给我寄来了《从视觉思考中国》，书中有一章就是有关火车等各种交通工具的，而且从日常生活和视觉文化的角度，这让我欣喜。的确这方面的研究国内学界逐渐增多，而且相信会越来越多的。

也是从《收获》读到毛尖的《火车会飞》的妙文，即受"震惊"。火车有出轨，但我想不到会飞起来，这不能怪国人的火车文学中规中矩，也不怪当初我的脑洞给梁启超他们灌了太多的水，读毛教授的文章是一种解脱，虽得安抚感官的阵阵惊叫；她最精熟套路，却字字乱来乱套，大有晚明小品解放思想的神韵。

一次在交大绿色通道人才引进的评估会上，出身电影世家兼电影史专家的李亦中教授对我翘大拇指，说他看到《上海

文化》上我的文章，使我受宠若惊。同座的葛岩教授告诉我铁
凝有一篇《哦，香雪》的小说也是写火车的，当初他读了大受
感动，至今难忘。我连忙去找了来，果然写得好。那是发表于
八十年代初的一个故事，写铁轨铺进一个深山小村，扬起一片
欢乐。这篇小说不啻是一个开放时代革命改辙的出色寓言，
让我们相信火车头仍把历史引向，却不再沉重，而装满柔情蜜
意，扬起了女孩子们欲望的风帆。

　　说实在这趟写作之旅不算长，却余韵袅袅。在今天数码
网络密布的生活岔道上，千思万语飞扬在滚滚红尘之中，片
言碎语随机随缘，于我却是激励与温馨的酵素，自知不足和
局限，而学海无涯，吾道不孤，岂止三人行而已。由此也不无
体悟：身逢盛世，正可做点事，哪怕是小计划和易得的沾沾自
喜，虽然不像水军撕逼五毛吐槽那么耸动听闻，却有益于养生
和环保。

　　须感谢黄德海君，对我最初的想法慨然允诺。他的催稿
方式一如其文学批评的优雅风格。《上海文化》的"新批评"品

牌正日长夜萌光华四射，也感谢他们对我的一贯支持。最后须感谢贺圣遂兄，把这本小书纳入一套新创的书丛里。我也不揣简陋，把原文稍作增补修饰，并配上图像，也感谢倪文君的细心认真的编辑工作，希望读者喜欢这本小书并不吝赐教。

2016 年 10 月 30 日于海上大寂居

小　引

1924 年上海中华书局出版八册《国外游记汇刊》的封

面：中框是书名，四周画有各
种交通工具：上面是城市马路，
跑着公共汽车、有轨电车、双
轮马车、自行车和独轮车；其
下是天空，左飞船，右飞机；再
下方是大洋和轮船，底部是一
列长长的火车，从隧道驶出。

一幅交通图，呆板得有趣，
却错乱空间。数十年前中国人
惊呼"三千年未有之变局"，国

《国外游记汇刊》，
中华书局，1924

门撞破，心扉炸裂，国人尝到了坚船利炮的利害；曾几何时，火车、汽车、东洋车、飞机纷至沓来，一样样在中土着陆。除了独轮车，没一样东西是自己的，然而又顿又渐地中国人习惯了新的代步，学会了驾驭，也学会了制造，奔驰游弋在新的时空和文明之流里，夹杂着惊恐、悠闲、屈辱和骄傲。

没什么比得上这些器物，赐予我们一个更为实在的"现代"，还有看不见不能摸的电力、蒸汽，连同电线、电话、电报……遂烘托出"交通"的意义——运输、传播、交换、沟通，编织成万花筒变幻的感官和思想的经纬。

交通器具凝聚着资本，驮载着象征的、政治的、教育的、文化的资本，给人类带来福音、灵感和灾祸。没有交换和流通，思想长不出翅膀，历史成不了火车头。风景的流线被引擎带动，日常生活的轨道压上沉睡的枕木，划然长啸的火车刺入都市的面纱，思想陷入机械的漩涡，人们的观看方式、生活习惯、时空想象由是改变。

1931 年 1 月《良友》画报刊出《上海车之展览》，两大张

四个版面，展示出行驶在当时上海街面上的各种车辆，共 50
种，可说是应有尽有，叹为观止。三十年代初的上海，文艺
上与世界现代主义接轨，《良友》画报最富理性与务实的当代
意识，引领市民注视当下世界现实、都市与物质生活的发展，
时常报道各国航空和交通事业，这份车辆"展览"即为佳例。
一个细节不容忽视，即所有图像标题及解说皆配有英文。为
了略表敬意，这里仿照金宇澄《繁花》中民俗博物志的手法，
依图片次序把车辆名称罗列于此：

　　人力车（俗称黄包车）、脚踏车（俗称单车）、火
车、汽车、机器脚踏车、公共汽车、华商公共汽车
（按：英文 The highway bus，似为公路上行驶的商
业用车）、脚踏黄包车、轻便火车、马车、洒水马车、
电线修理车、电车、高梯车、无轨电车、铁路手摇
车、清道车、洒水汽车、垃圾车、筑路器具车、筑路
运石车、压路车、筑路煮油车、剪草车、铁甲汽车、

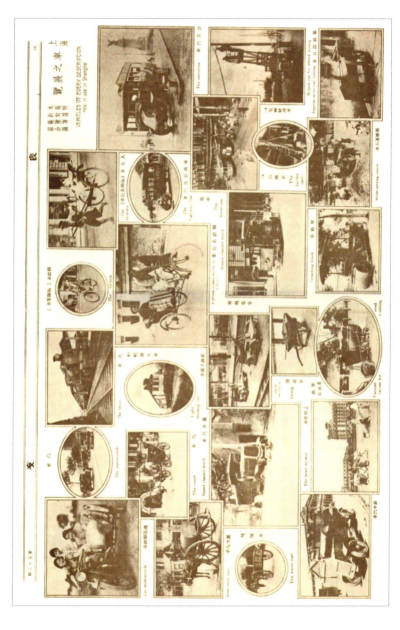

上海各車之展覽

VEHICLES OF EVERY DESCRIPTION
Now in use in Shanghai

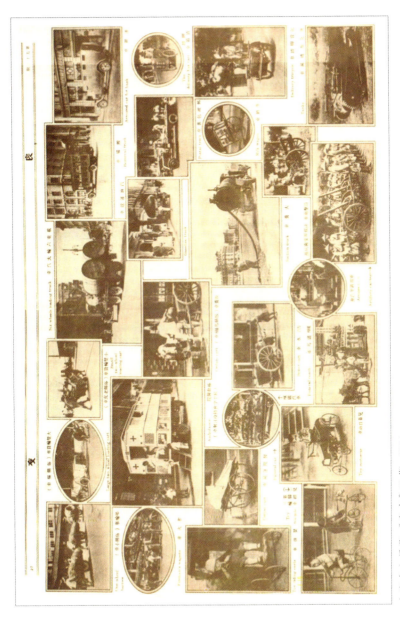

运银车、搬场车、载重六轮大汽车、小双轮火车（俗
称老虎车）、大双轮火车（俗称榻车）、独轮车（俗称
小车）、脚踏货箱车、邮政包裹车、汽油运送车、收
粪车（俗称马桶车）、移动医院（红十字会防疫注射
车）、救火车、送货脚踏车、牛奶车、大粪车、污水
车、殡仪汽车、医院运尸车、婴孩车、唐克炮机关
车、迫击炮车（法租界安南兵用）、军用铁甲汽车、
殡仪马车、儿童自由车、儿童脚踏三轮车。

　　这些交通器具属于建构城市空间的硬件部分，意味着人
流物流的运动，不外乎服侍市民的吃喝拉撒睡，包括每天的
垃圾和排泄物。它们也代表劳动分工与经济阶序，蕴含着城
乡之间的人流和物流。至三十年代初独轮车仍占一席之地，
它的移民传奇可以追溯到晚清，载着一家老小进入大上海。
在今天穿梭在大街小巷的电瓶车，担任速递或外卖，正在展
现数码时代人流物流与经济阶序的新传奇。在这些车辆里还

有法租界的迫击炮车和坦克车，透露出上海的半殖民真相。其实那时国民党控制了上海，也应当有中国人的军事交通工具，这么说的话就不止 50 种了。

每一样交通工具都有故事，虚构非虚构的，灵动或滞板的，文本和叙事延绵不绝。比方说关于人力车的故事，鲁迅的《一件小事》和老舍的《骆驼祥子》脍炙人口。或张爱玲的《封锁》洵为有关电车描写的绝唱。然而还有许许多多形形色色的交通文本，被历史遗忘、被现代压抑。虽然，笔者所见有限，从民国的废铜破铁堆里捡起来的无非是一些碎片烂片，看了半天，遂发出迷人的幽光。不妨先引一段 1918 年 8 月《新青年》上李大钊《新的旧的》文中一段：

> 我常走在前门一带通衢，觉得那样狭隘的一条道路，其间竟能容纳数多时代的器物：也有骆驼轿，也有上贴"借光二哥"的一轮车，也有骡车、马车、人力车、自转车、汽车等，把念世纪的东西，同十五

世纪以前的汇在一处。轮蹄轧轧，汽笛呜呜，车声马声，人力车夫互相唾骂声，纷纭错综，复杂万状：稍不加意，即遭冲轧；一般走路的人，精神狠觉不安。推一轮车的讨厌人力车马车汽车，拉人力车的讨厌马车汽车，赶马车的又讨厌汽车；反说回来，也是一样。新的嫌旧的妨阻，旧的嫌新的危险。照这样层级论，生活的内容不止是一重单纯的矛盾，简直是重重叠叠的矛盾。人生的径路，若是为重重叠叠的矛盾现象所塞，怎能急起直追，逐宇宙的大化前进呢？

这一幅百年前北京的日常街景，今日看来依然生动，骆驼轿骡车人力车之类早就淘汰，且像京沪有了四通八达的地铁，但百车争衢、路堵心塞的状况不敢恭维。的确"生活的内容不止是一重单纯的矛盾，简直是重重叠叠的矛盾"，端是至理名言。而所谓"把念世纪的东西，同十五世纪以前的汇在一处"，也是对中国现代文化熔炉的贴切写照，但对于李大钊这位胸怀"宇宙的大化"的革命先驱来说，这前门的街景不啻是一面折射中国和世界乱象的镜子。他怀有乌托邦理想，也热烈鼓吹"新旧思想之激战"。一年之后对胡适

行路难，《新闻画报》，1908

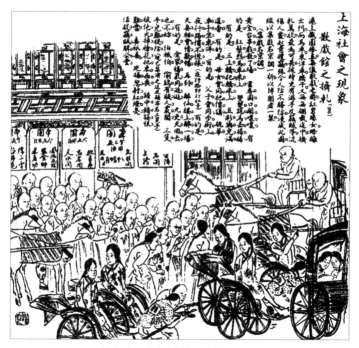

散戏馆之挤轧,《图画日报》, 1909

"多谈些问题,少谈些主义"之论提出商榷,主张采取马克思主义的"阶级竞争"学说,"根本解决"中国问题。(《每周评论》35号)

再来看《国外游记汇刊》的封面,无甚深意,把交通器具挤缩在同一画面里,上下陆地,中间海空,表现了某种超写实的空间心像,诉诸"你懂的"大众常识,意谓各行其道,大路小路不必皆通往罗马,倒有可爱之处。

书名取"文以载车"也是这个意思,从前说"文以载道",然而自晚清至民国,大道崩颓,体用分裂,科技发达,机械器物日新月异,文学不绝,风格流派争奇斗艳。其实朱熹说:"文所以载道,犹车所以载物。"(《周敦颐集》,岳麓书社,2002,页46)这么说"文"本来就是"车",有"文"方有"道",不过别误会,本文没有代圣人立言的意思。

翻阅形式驳杂的火车文本,漫步于幽灵旅程,透视一节节"车厢社会"的里外风景,窥探时代——由机械复制时代所带来的社会和日常生活变迁,从语言和行为习惯、情感和思维方式、风土人情、隽词妙语到陈腔滥调，新旧之间两股道上跑的车，或重叠交叉，或冲撞同归于尽……

清末文学海陆空

　　晚清文学里轮船称霸，试读梁启超《二十世纪太平洋歌》："蓦然忽想今夕何夕地何地？乃是新旧二世纪之界线，东西两半球之中央。不自我先不我后，置身世界第一关键之津梁，胸中万千块垒突兀起，斗酒倾尽荡气回中肠，独饮独语苦无赖，曼声浩歌歌我二十世纪太平洋。"那是十九世纪最后几天里，他从日本横滨赴夏威夷途中所作，一派豪情吞吐"二十世纪太平洋"，气概何等轩昂！心里又装着不争气的"老大帝国"，悲苦难以言喻。其实十五年前黄遵宪曾作《八月十五夜太平洋舟中望月作歌》："美洲以西日本东，独有一客敬孤篷。"（《人境庐诗草笺注》，上海古籍出版社，1985，页397）同样表现了由越洋轮船带来的全球空间想象，尽管境界各有不同。

而在空中，飞船或飞车最为时兴、威风，却活跃在国人的想象世界里。《点石斋画报》里时不时报道外国气球、飞机、飞船的试验，那些鸟不鸟船不船的奇形怪状的图形，激起国人对科学乌托邦的无限向往。在对那些丧生空中的飞行先驱赞美哀悼之时，对现代文明也指日诅咒。1902年梁启超在日本创办《新小说》杂志，在上面发表了他翻译的法国作家佛林玛利安（Flammarion Camille）的《世界末日记》，其中出现电气飞船拯救人类的情节，富于批判文明进化的"末世论"色彩。

关于空中探险的新闻报道或文学作品层出不穷，如荒江钓叟的《月球殖民地小说》于1904年刊载于《绣像小说》，描写龙孟华寻找失散的妻子，在日本友人玉太郎的协助下，乘着气球腾空飞行去地球外的月球。1908年《月月小说》刊载了包天笑的《空中战争未来记》，叙述欧洲各国大肆发展飞行机器。预言1913年英、俄之间，1916年德、俄之间都将发生

新样气球,《点石斋画报》, 1884

飞舟穷北,《点石斋画报》, 1888

误中误以逢领事馆 冤哉冤 暗带衔生馆

《月球殖民地小说》插图，
《绣像小说》，1904

战争，都是空中实力大比拼。这反映了包氏对飞船、飞机的兴趣，当然少不了他对于将来中国主宰空中的愿景。清末民初商务印书馆出版了《梦游二十一世纪》《飞将军》《新飞艇》《大荒归客记》等翻译小说，都是有关气球、飞船、飞行员的故事。三十年代的报纸杂志，对德国齐柏林制造飞艇的事迹仍津津乐道，这种对空中军力的迷狂劲头直至中国自己能制造飞机才稍稍收歇。

讲起陆地就很惨，特别是火车，在中国引起极其复杂的反应。1855 年香港华英书院出版的报纸《遐迩贯珍》上有《天下火车路程论》一文，配有一列火车在山林中穿驶的照相版制图，这大约是最早宣传火车的文字。最具象征的莫过于被称为中国"第一条"的淞沪铁路，从 1860 年代中期外商开始筹划，一波三折，十年后终于建成，但接着被清政府收购，又被拆掉。从《点石斋画报》《图画日报》到清末民初各种报纸图画附刊，都

《大荒归客记》，商务印书馆，1913

有火车的画面，如果把它们聚拢来，好似一个微型画廊。如
1907 年《神州画报》上的《京张铁路开车》图，铁路通车当然
是件利国便民的大事，无不由衷欢呼。

民间的风水迷信固不待言，眼睁睁看着黑压压庞然大物
一往无前阻我者亡
地在神州大地上横
冲直撞，心头就不
好受，而震耳欲聋
的呼啸、飞驰而过
的速度，对于一向
崇奉牧歌美学的中
国人来说，神经真
的受不了。因此各
类报刊中充斥着火
车起火、压死路人
等灾难、恐惧的图

生意发达，络绎不绝，《神州画报》，1907

毙于车下,《点石斋画报》, 1892

火车失火,《图画日报》, 1909

景，表示对火车的诅咒。

另一方面，各国列强争先恐后在中国建造铁路，清政府一再丧失政治利权与天朝颜面，民间的讽刺有趣而辛辣。1907 年《神州画报》上《民呼日报》的一幅《铁路之扩张》画

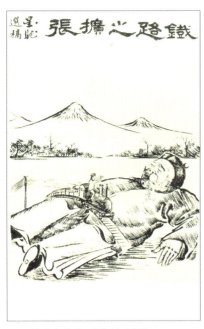

铁路之扩张，《神州画报》，1907

着帝国主义的铁道横贯清朝官员的肚皮，面对神气活现的洋人，官员的鼻孔出气，嘴喷血。另一幅 1909 年钱病鹤的漫画，题为《各国联合龙灯大会》：英国人为首高擎着火车头，后面跟着各国列强，各举一节车厢，最后是穿木屐脚高脚低的日本人，而一个清朝

钱病鹤《各国联合龙灯大会》,《民呼日报》, 1909

黄文农《中国领土内之怪物》,《太平洋画报》, 1926

官员在前头手举一个大拨浪鼓，为列强们开道。这些讽刺画富于身体政治的想象，比起那些火车灾祸的新闻画面更为生动。火车与国运联袂而至，种种中外矛盾如火药桶，终于点燃了四川"保路运动"，清皇朝也随之一命呜呼。

由铁路带来的民族创伤记忆一直没有消失，在 1926 年 6 月《太平洋画报》中黄文农作的一幅题为"国际专车"的漫画，题为"中国领土内之怪物"。在北伐的反帝声中，屈辱的记忆再度浮现。

1909 年这一年国人对火车异常兴奋。《图画日报》上《沪嘉铁路车站》一图说明其建造始末，地方官绅奉旨兴办，先从上海到松江，然后通至嘉兴，与沪杭线接轨，遂自豪声称："中国自造之铁路，当以此路为始，亦当以此路为最完美。吾中国前途之福，我苏人士无上之光荣也。"同一年里《东方杂志》有《沪嘉路线举行开车式》《沪嘉火车在枫泾行礼时之全景》的摄影图像，《民呼日报》刊有《苏路正式车抵枫泾站之布置》《沪嘉开车日之谯会场》等图画，由于沪嘉铁路是国人

淞嘉铁路之车站,《图画日报》, 1909

沪嘉开车日之谯会场,《民呼日报》, 1909

沪嘉火车在枫泾行礼时之全景,《东方杂志》, 1909

沪嘉路线举行开车式摄影,《东方杂志》, 1909

集资兴办的，所以开通日乐队、彩旗和宴请的庆祝场景尤为隆重，地方官员乡绅和民众特别兴高采烈。

晚清李伯元、吴趼人等人的小说里，最常见的是船。刘鹗的《老残游记》最初在《绣像小说》上连载，内中提到"天津到北京的火车"，仅提到而已，而老残自己乘骡车，或骑驴，大约更合文人脾胃。第一回写老残与友人在山东蓬莱阁上看日出，详细描写海里一艘大船，将要沉没之际还在搞内斗，老残和友人前去营救，送上罗盘等物，差点被当作"汉奸"而送命。这个噩梦对整部小说具寓言功能，大船是腐败清廷的投影，"罗盘"象征着刘鹗的某种救亡方案，结果不幸而言中——他自己落得个"汉奸"的下场。

吴趼人早年在江南制造局里任职时做了个小火轮模型，还能跑几圈，把他喜欢得不得了。后来他在《新石头记》里充分展示了他对于交通器具的乌托邦想象，书中写到贾宝玉在老少年指引下游历"文明境界"，看到各种各样的飞车在空中自由往来，大为惊奇，有人解释道："本来创造这车的时候，心是因为古人有了那理想，才想到这个实验的法子。"其实天上的飞车，还有隧道里搬运货物的电车，多半是吴趼人受到画报小说的启

英法火车之速率，《舆论时事报》，1910

发。其间涉及一个火车的细节：贾宝玉问这些飞车"可同火车一样，也有个公司，有一定开行的时刻没有？"老少年道："这里没有这种野蛮办法。人家出门是没有一定时刻的，说声走，就要走，他的车却限定了时刻，人家不出门的时候他开了；或者人家忽然有事要出

门，他却不是已经开了，便是还有半天才开呢！你想，这样办法，行人如何能方便？所以此地的飞车，随时可以雇用，大小亦随人拣用。"我们知道，钟表的普遍使用对于现代人计时和准时习惯的形成起了重要作用，而火车时刻表则与速度观念有关，老少年称之为"野蛮办法"，仍有文化抵制心理。

有趣的是吴趼人所想象的飞车速度。宝玉道："不知一天能走多少路？"老少年道："快车一个时辰能走一千二百里。现在坐的是慢车，一个时辰走八百里。我们到水师学堂一百里，大约一刻时候可以到了。"当时火车一般每小时行驶二十至三十英里之间，如果吴趼人也以英里计算，那么慢车每小时行驶四百里，比一般火车起码要快十倍以上。其实吴氏笔下的飞船想象显出他对电力和速度的深刻迷恋，而与速度观念相应的是空间距离的缩短，都属现代性表征，这也体现在一刻钟就能到水师学堂的表述之中。

马桶的轻喜剧

　　火 车 进 入 小
说，白话文运动悄悄
进站。

　　1917 年 1 月包
天笑创刊《小说画
报》，开始连载天虚
我生的长篇小说《新
酒痕》，共三十回，
前五回写赵仁伯与
儿子赵小仁从上海
去杭州火车上的故

《小说画报》封面，1919

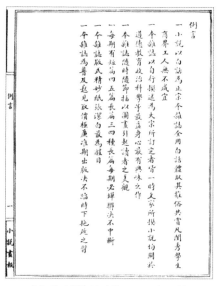

例言

一 小说以白话为正宗，本杂志全用白话体，取其雅俗共赏，凡闺秀学生商界工人无不相宜

一 本杂志以灌输国民道德教育政治科学等为宗旨，而行操选为大宗，所定者官一时文家所撰小说之均属兴味之作品

一 本杂志随时随事均以图画引起读者之美观

一 每期有短篇四五篇长篇三四种长篇每期必蝉联不中断

一 每期出版式精妙纸张课句最为题目

一 本杂志版为普及起见取价极廉准期出版决不临时下拖延之习

《小说画报》创刊号，1917 年 1 月

包天笑

事。包天笑宣称："小说以白话为正宗，本杂志全用白话体，取其雅俗共赏，凡闺秀学生商界工人无不相宜。"同时《新青年》刊出胡适《文学改良刍议》，2 月又刊出陈独秀《文学革命论》，开始提倡白话文，那是在理论上鼓吹，两人的文章仍用文言。

胡适为"文学改良"开出八条标准：须言之有物、不模仿古人、须讲求文法、不作无病之呻吟、务去滥调套语、不用典、不讲对仗、不避俗字俗语（《新青年》2卷5号)。《新酒痕》作者没读过胡适的文章，却与这八条不谋而合，使用的是地道白话。我们平时说创作先于批评，信然。

小说里赵氏父子乘的是沪杭列车，1910年七月初一《神州画报》的一幅图题为"沪杭通车"，加了个括弧，表明用"白话"解说："从上海到杭州的铁路现在已完工了，六月二十八日为通车的期。往来搭客非常之多，将来江浙公司的生

沪杭通车，《神州画报》，1910

意兴隆发达可以拿得稳的。"这个例子全然是巧合，但是为何把火车和白话搭上关系？火车便民，白话也是，让老百姓知道，替火车做广告，是生意经。

小说一开始："大中华民国五年七月七日，即阴历六月初八日星期五，下午三点三十分的沪杭特别快车，将次开行的时候。"如此开场表明了这部白话小说的写实与当代特点，从清末谴责小说而来，却脱落了救亡高调而回到日常生活，在讽刺中开拓了"滑稽"手法，文学气息更为浓郁。赵仁伯是个小缙绅，在上海没混出名堂，要回老家杭州找份事做。旅程里他闹了不少笑话，先是为了几毛钱和售票员争论起来，而他的迂腐与小气更因为一个马桶而出尽洋相。也是舍不得多出几个铜板，搬运小工不肯给他托运藤箱和马桶。赵伯仁跟他儿子商量：

那少年穿着一件白纱长衫，外罩缎纱对襟马褂，头戴软胎草帽，足登白色帆布皮鞋，年纪约摸二十里外，生得十分俊秀。打量便是这老人的儿子。听说这话，因皱皱眉儿，看这两件东西，一件嫌重，一件嫌赃。老人手里已经有了洋伞、扇子、小提篮和一卷席子，料想拿不得许多，自己手里只得一枝香烟嘴儿，料想推诿不得，因道："我提这藤箱罢。那个马桶，我想丢在这里罢。"老人道："丢在这里，教谁送回家去？到了杭州，又拿什么用呢？"少年道："杭州总有这个买，家里也有的用着，丢在这里，让人家拾去，也不值什么。"老人道："你真说得写意，可知道这个马桶，我在宁波买来，化上两块钱呢。你替我拿了洋伞，我来提马桶罢。"

老子小气，小子阔气，对比中有讽刺。儿子是啃爹空心大少，老的要乘三等车，拗不过儿子才忍痛坐了二等车。时代变了，送走帝制，告别革命，人人嘴边挂着共和平权的灯笼，由是这一对父子呈现出一种新关系，家庭重心移向经济和体面，在日常的细枝末节中荡漾着微讽与反讽，人物也不那么善恶分明。

这部小说充满日常生活的细节描写，作者天虚我生，即陈蝶仙，擅长言情小说，早年写过《红楼梦》一路的《泪珠缘》。1913年在《申报》上长篇连载《黄金祟》，当时青年男女可以自由交往，却不懂怎么谈恋爱，作者却对西洋接吻大加赞美："天下至美且浓之味，殆无过于接吻。譬之醇酒，足以醉心，然而醇酒之味，不足与拟也。"（已故哈佛大学韩南教授十分喜欢《黄金祟》，称之为自传体浪漫爱情小说，且把它翻译成英文。）他与王钝根搭档编辑《游戏杂志》和《礼拜六》周刊，创作了大量诗文、小说、弹词，还会谱曲。不仅如此，民国初年最早推出"家庭"话题的也要数陈蝶仙，他在主编《申报·自由谈》副刊期间，特辟"家庭"栏目，后来汇编成《家庭常识》八册，如怎么洗西装、制肥皂、修足球等，堪说是现代生活的万宝全书。另外他也把法院判决案例汇编成书，推广法律知识。1918年他转向实业，创办"家庭工业社"，以制造"无敌牌"牙粉名闻遐迩。《新酒痕》是陈蝶仙离开文坛之前难得的白话小说之一。

火车开动，出站进站，人上人落，一路上赵氏父子招呼老友，认识新知，好不闹热，各色人物一一登场。钱仲义做过统捐局长，如今袁世凯死了，国会恢复，他是议员，将应召北上，众人羡慕不已。吴亨甫从报纸上得到袁的死讯，连忙给黎元洪打电报，又说段祺瑞邀他入幕，他没答应，赶忙要到杭州去见章太炎。在旁人眼里，这位"演说家"是牛逼大

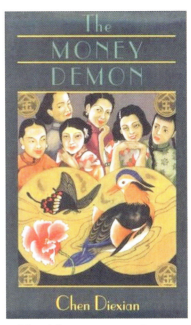

《黄金祟》，Patrick Hanan 译，1999

陈蝶仙

王，"其实他上面所背的一班人物，不过是从报纸上看来的名头，若是真个见面，只怕还要问尊姓大名呢"。还有商人、替人看相的、报馆编辑等，各人"背起光复的履历来，只怕一天也背不了"。有的大谈为官之道，自诩如何营私舞弊、浑水摸鱼，所谓"只要不是贪赃枉法的钱，沾光几个，也不伤什么胃脾。如果单靠一笔官俸和行政经费上面节省些下来，每月能得多少，可不是喝西北风吗?"好似官逼官贪，振振有词；有的自己不干不净，却大揭别人隐私，于是故事里套故事，涉及报馆主笔利用职权坐收渔利、医生挂羊头卖狗肉、妓女丑闻，不一而足。

两位女客，一个叫王世贞，女学生模样，与宦家公子冯春圃同行，"像外国小说上的人物，乘着火车去度蜜月"。这大约是有所本的，如1915年《小说大观》创刊号上有一篇孟嗣查女士写的《宝石鸳鸯》，开始也是火车车厢，座中一个女子"年约二十左右，丰姿绰约，韵秀天然，旁坐一少年，亦翩翩风度，气宇不凡，望而知为缙绅子弟，携此如花美眷，作新婚蜜月旅行者"。不过这是一种拼凑翻译和创作而假造的

"外国小说",在当时颇流行。赵仁伯听说这位公子腰缠万贯,便叫小仁去巴结,不想小仁一看见女学生"穿一件白纱衫儿,露出两只粉腕和雪藕一般,一张粉团脸儿,额上的卷发迎风舞着,好像一个剥了皮的乌鲗鱼,在那里吐着墨雾,愈觉那皮肤白腻的可爱",他就失魂落魄,向她百般讨好,挤在中间甘做电灯泡。

另一位中途上车的老婆子,叫蒋次东,脚色了得。其弟蒋旭东,前清时原是衙门里掌管钱粮的委员,辛亥那年两人纠集一班酒肉朋友把县官赶走,拥戴革命,成了"开国元勋"。二次革命时,蒋旭东被政府抓去枪毙,作为"女革命首领"的蒋次东差点送命。她避了一阵风头,又出来招摇撞骗,成立什么妇女会,能说会道,到处演讲,吹嘘当初响应革命,是她放了炸弹把县官吓跑,摇身一变又成为"女界伟人",这次去杭州准备煽风点火大干一场。

火车车厢成了个镜像舞台,宛然映现出民国以来政坛风云、社会百态。清末以来文学里出现不少新的公共空间,就上海而言，如学堂、茶馆、酒楼、戏院、味莼园、长三堂子、跑马场，随着十里洋场的延拓，又出现影戏院、游戏场、夜花园、交际场，而在天虚我生笔下迎来了一个火车车厢空间，值得文学史家为之剪彩。

正如小说描写："汽机开足了，一往无前，奔马似的奔着，轮子响得和潮水一般。"车厢人生在运动中前进，短暂的旅程，向目的地奔驰，给一程一程的时间切断，带着速度和危险。旅客朝四面八方散去，又从四面八方聚拢，有机运也有晦气；行色匆匆，没有听戏品茶的悠闲，有的是算计的人生。不像前面头等车厢里的达官贵胄，也不像后面三等车厢里的平头百姓，二等车厢是个碌碌中庸的空间，最富世故的热情、精心的企划、无声的歌哭，在社会阶梯上属于最具经济活动力的一族，上攀下滑，充满挣扎和嘘唏。在作者的出色白描中，车厢里的众生相犹如一幅群丑图，人物描写上介乎类型化和典型化之间，对这二等车的分寸把握得恰到好处，不能大奸大恶，又不甘下流，却不免伪装和体面的尴尬。

陈蝶仙这么冷嘲热讽，有他的道德关怀，然而进入民国已无"道"可卫，更多的是无奈和困惑。像许多南社社员一样，以为推倒了帝制，中国便走上了自由民主的光明大道，不料来了个袁世凯，比起前清手段更毒辣，社会更黑暗。因此在陈的笔下，个个穿着"共和"的漂亮衣装，却图谋私利，洋相百出。他甚至把这一切怪罪于"革命"，那个"女革命首领"蒋次东就是个代表，人心中了邪，投机取巧，无所不为。另一方面对袁世凯也深恶痛绝，如报馆编辑孙叔礼揭露各种广告诈骗术，有个叫"袁世凯"的在报上登了个感谢某医生的告白，原来他是在妓院里做事的，因此孙叔礼说："那医生倒还体面呢，可奈这一位大总统，竟是堂子里的一个龟奴。"众人大笑。其实这句话是陈蝶仙故意指桑骂槐，给尸身未干的袁世凯泼了一桶污水。袁氏呜呼不久，就出现贡少芹与多山合著的《八十三日皇帝之趣谈》一书，以趣味笔记形式对袁尽嘲笑鞭笞之能事。就在《新酒痕》发表前数月，上海《时事新报》开辟"上海黑幕"专栏，不意激起"揭黑"浪潮，涉及政商社会各界，不限于上海一地，其中包括描写袁世凯后宫秘史的小说，所以说"堂子里的一个龟奴"似非空穴来风。

赵仁伯把马桶带上火车，乃神来之笔，妙笔生花。起先把马桶放在自己桌子底下，周遭旅客无不捂鼻子骂缺德。对面坐着冯春圃和王世贞，儿子告诉老子说人家在说闲话，"老人因把对座的人看了一眼道：'他带他的女人，我带我的马桶，干他什么事？'"听两人在叽叽咕咕讲外国话，仁伯听不懂，装做没听见，"偏偏小仁翻译了来，告诉他道：'他们在那里说，中国人竟有这样野蛮的，难怪被外国人看轻呢。'赵仁伯道：'横竖我又不想吃外国屁，做西崽去。我带我的中国马桶，干外国人什么事？'"老头不合时宜，歪理十足，被冯春圃当面开销："既乘到二等车，也算是上中社会的人，你却把这种腌臜东西摆在这里，你自己不怕臭，人家坐在你对面，可不是受了荼毒！"结果仁伯不得不服从文明秩序，在侍者干预下，自己把马桶移到厕所里去了。

到了杭州站，赵小仁不顾他老子，跟着冯春圃他们走了。

赵仁伯自己拎着马桶走过天桥，不小心一失脚，"连人带马的一筋斗翻下桥去，那半马桶的尿便都倒在自己身上。那桥上下的人一齐鼓噪起来，笑声骂声聒得和潮水一般。赵仁伯

《新酒痕》插图，《小说画报》，1917

此时如中狂易，爬起身来，却见马桶益正和金钱跑马似的，直向月台上滚去……"马桶本来是空的，为何有半桶尿？原来途中王世贞去厕所小解，嫌火车上的磁桶脏，见这个马桶还干净，就把尿拉在里面了。作者写到这里，觉得不过瘾，

在出站检票时，一个警察用脚尖把马桶一挑，说"去吧"，于是：

> 那个马桶便和啤酒桶一般，咯碌碌地首先滚出门去。门外一班接客的人，正拿着旅馆的招帖，在那里争先招待，不防滚出一个马桶，却巧辗在脚面。正在诧异，却见一个络腮须的老头子，穿一件汗透长衫，一手握着蕉扇，一手拿个马桶盖，鞠躬矮步的，跟着马桶出来，引得一班人又笑又骂，故意把马桶踢得和忘八蛋一般似的，滴溜溜滚去。赵仁伯直追到五十步外，方才伸手捉住。

把一个马桶玩笑开得如此极形极状，或许有点无聊。其实陈蝶仙在文艺上是个唯美主义者，对待文学首重感情表达。譬如说为他十分欣赏的一个诗人是晚明的王次回，因善写软玉温香、荡心刺骨的"艳诗"而被道学之士痛斥为"玷污

《新酒痕》插图,《小说画报》, 1917

风雅"、"妖中之妖"。这么看的话,陈蝶仙在讽刺中已带有民
初以来的"游戏"、"滑稽"意识,增入低俗元素,把这个"笑
哏"癫痫式发挥,让读者捧腹开怀,为滑稽而滑稽。试想发

明这么一个上火车带马桶的噱头，不止挖苦一个不合时宜的可怜角色，文化上也是一种新旧比照的反讽，越是挖苦得厉害，反讽也愈强烈。

旅行比喻目的

1935 年出版的《中国新文学大系》无疑是一座新文学运动的纪念丰碑，虽然入选作品未必篇篇是经典。不过其中三篇旅行小说足为火车文学增色，它们是孙俍工的《前途》、冯沅君的《旅行》和王统照的《车中》，分别发表于 1922、1923、1926 年，正当新文学运动的"特快列车"扬帆展翅之时，车头两边挂着"德先生"和"赛先生"的旗帜，朝着富强中国的理想目标突飞猛进。

新文学运动的使命是什么？目标是什么？追求一个民主、科学、富强、自由的新中国乃是五四一代知识分子的集体愿景，这么说不无笼统之嫌。在学理上"新文学运动"与"新文化运动""五四运动"之间错综复杂，政治、思想、文学、艺术乃至文化各有目标，如果按照我们现在比较时髦的说法，无论新文学或新文化都是众声喧哗的话语场域，有鲁迅那样代表"革命"的激进路线，也有像胡适代表渐进改良的方向。说到文学场域也是流派纷呈，即使像《大系》所总结的头一个十年里，就有"文学研究会""创造社""新月社"等文学社团，主张各异，相互之间打笔仗也司空见惯；诗歌中有自由诗、格律诗、象征诗等，各自的主张和目标是非常不同的。

这三篇小说中火车之旅所取线路各异，而对旅程的"目的"具某种问题意识。这似乎很自然，几位作者都是五四青年，受了科学、民主思想的感召和火烧赵家楼、打倒孔家店运动的洗礼，无不热血沸腾，对中国前途满怀着希望和信心。其实对于主人公们所去的真实地点，小说并未明确交代，然而挟持着火车轰隆的机声、所向披靡的伟力和通往未来的美丽许诺，"目的"被赋予某种历史方向的象征意义。

新文学口号是一回事，文学表现是另一回事。火车根据时刻表,但保不定会出轨、撞车或因突发事件而造成停开、延误或中断,如吴趼人的《恨海》(1906)叙述在庚子国变中,陈伯和与张棣华这一对未婚夫妻从北京逃出,本来想坐火车去塘沽,但车停开了,为怕洋人进京,把铁轨都拆了。所谓人心不可捉摸,作家的心口多长了一颗痣,文学里火车出事几率更高。

一、"向着无限的前途奔放"

孙俍工的《前途》在正文前引用了《庄子·天运》篇中一段:"天其运乎?地其处乎?日月其争于所乎?孰主张是?孰维纲是?孰居无事,推而行是!意者其有机械而不得已耶?意者其运转而不能自止耶?……敢问何故?"乍看之下令人摸不到头脑,中国人没有上帝,庄子才会有那么多洋人在《创世记》里一揽子解决了的问题。这篇小说里几乎没什么故事和人物,和庄子的问题对不上号,唯有火车能跟"机械"和"运转"匹配。事实上正是火车充当了小说的主人

《中国新文学大系》，
良友图书公司，1935

孙俍工

公——一个"机械""运转"的为新世纪开天辟地的怪兽。这样的题词制造了一个形而上悬念，而小说好像是一篇关于火车与历史"目的"的寓言。

小说分八小节，依时序可听到旅客的问答，如"车要开了吗？""车快开了吗？""好，开了呵！""要到了吗？""到了！"分置各小节中，从而表现人们从车站上车，等待开动以及开动后的心理过程，而叙事者"我"是乘客之一，似在观察、分享大众的情绪，又是大众意愿的诠释者，其复述与评述混杂在一起，像是一种被操控的声音，仿佛听从来自遥远"前途"历史终点的指令。根据小说末尾的提示，这篇小说在"沪杭车中"所作，但与一般游记不同，全然没有有关作者的信息，这个"我"更像个神秘的隐身人，带有特殊的使命，来到火车上。

车厢里拥挤闹猛，堆着大包小包的行李，少数几个座位早被占了。一路上人们充满了焦虑和期待，有的沉默不语，有的痛苦，有的忧愁、犹豫或恐惧，但无论在出发之前或在途中，不时可听到一种主旋律。当有人不耐烦，就有人说："我们要晓得一到了目的地便快活的了。无论如何难受只得等着，忍耐地等着！"有人即将到站而欣喜，另有人说："还早呢！用不着这么着急！要到的地方，总是要到的！"中途上车的搭客松了口气："好了！只要到了车上就不怕了！一会儿工夫便可到，到了就好了！"这些话在重复一种集体意志，对火车满怀信赖，搭上火车意味着幸运，一到目的地便好似到达幸福的彼岸。

这篇小说的特点之一是对于惊叹号极度慷慨的使用，就像一再重复诗一般的礼赞："现在我们的车正向着无限的前途奔放！"表达出无限的乐观与信心！值得注意的是，车还没有开，乘客陆续上车时，作者即发议论道："此刻他们既然都买得了车票，命运已经限定了他们，叫他们不要往后，只向前进，只向生命的前途奔放去！"

车厢里已人满为患，"我"看见窗外一男一女，在争论要不要上这趟车，妇人说："这样地拥挤，还是去好呢，不去好呢？"大有丹麦王子 to be, or not to be 的意思。男的说："车票吗，这并不算一回事，去好呢，还是不去好呢？只要我们自己打定了主意，车票并不能限制我们底意志！就是命运断定了我们也可以反对的。似这样地徘徊总是不好！"其实对于车厢的描写，应当是三等车景象，搭乘的多为平民百姓，而这一对男女的一问一答，却是一派五四的学生腔。

在第六节中插入另一段一对男女对白，这回男的出了思想问题："设若一旦火车出了轨道，或者遇着别的危险，那可

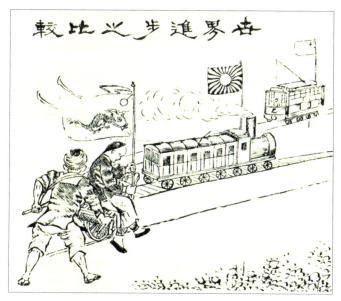

世界进步之比较,《神州画报》,1907

怎么了! 岂不是要到的地方不能到,而且有性命的危险么?"
女的回答:"我想,这样安稳的火车,危险,总不会有的。然
而——纵使有了危险,但此刻我们已经到了车上了,断不能
中途跳下车去,如果没有达到我们要到的地方。所以前途纵
或有了免不掉的危机,我们也只好从那免不掉的危险里面走

将去，或者我们简直当作坦平的大道一样地走去也无不可；因为现在即使不走也没有第二条路。"在这里，女子的智商显然比男的高出一筹，从性别角度说，倒有可取之处。

这两段对白如精心安排的论据，旨在加强"前途"的命题：目的是一切。人们无不欢天喜地将希望、命运交付给火车这具庞然大物，相信会安然到达目的地，不应当有恐惧、犹豫或怀疑。一旦上了火车，谁也改变不了自己的命运，只能接受"历史"的命令，哪怕厄运来临，也必须忍受。小说的结尾这么写道：

> 在这长途的旅行中，我们底生命统统寄托在这狭小的火车上；窗外景象飞涌地显现出来，只在一秒钟之内的几分之几便成了过去。……虽然各人底前途底苦痛与愉快危险与平安还在"不可知"的一本账上，但他们对过去的一切总不见得有半点的留恋。

现在火车开满了机器，正向着无限的前途奔
放！车窗外的大陆如飞也似的转动。车上的人或沉
默地坐着，或高声谈笑着，或唱着不成调的乐歌：
大都是在那里等候着各人所想象的前途到来！

为"无限的前途"高奏凯歌，加入"过去"这一母题，乃
收官点睛之笔，不仅指瞬息即逝的风景，也指"过去的一
切"，包括记忆与历史。这即刻令人联想到"革命是历史的火
车头"——笔者戴红领巾时就如雷贯耳的口号。但这篇小说
里是倒过来的：主体是火车，带有科学本体的倾向，"前途"
并不明确，却是个开放的乌托邦空间，如后来历史所示，在
半个多世纪里，被作为中国"前途"的非"革命"莫属。

所以《前途》是一种科学崇拜、历史进化及中国现代性
的素朴表述，作者的无限乐观显得天真，却总合了晚清至
五四 股强势的思想与实践潮流。从传教士输入科学技术知
识、洋务运动、严复《天演论》的翻译和梁启超"少年中国"

运送孙中山灵柩至
南京安葬的火车头，
《良友》，1929

毛泽东号火车头，1946

论的传播，到五四时期反传统和社会主义思潮，遂形塑了某种黑格尔式的线性史观——历史必然是进步的运动，且朝向其既定目标。其实这是一种心理幻觉，以牺牲"过去"、切断"传统"为代价，也须经过排斥"记忆"的机制，如这篇小说里通过某种意志的力量，"危险"心理被克服，甚至把"危机""当作坦平的大道"，遂使个体"命运"沐浴着升华的光辉，在信仰层面上诉诸赴汤蹈火视死如归的精神，从而完成了从"必然王国"到"自由王国"的境界。

还有一点，这篇小说固然是新文化运动的产物，但"赛先生"和"德先生"不一定携手同行。小说呈现两套话语系统，一套出自"大众"视点。的确作者描写了拥挤混乱的情状以及种种不安、恐慌的"大众底态度"，当他们"平平安安地到了他们所要到的地方了"，作者表示祝福般欣喜，从这个角度说所谓"前途"是多元发散的、无定向的。但是出自"前途"的乌托邦视域，"大众"话语被筛选、被扭曲，被转化整合为对火车的赞颂声，就这样"赛先生"几乎就把"德先生"

吞吃了。

《前途》带有概念化痕迹，却珍贵见证了五四初期的乐观心态。作者孙俍工，早年在北京求学，曾参加五四运动。写这篇小说那一年，他到上海的中国公学任教，1923 年在《小说月报》上发表《海底渴慕者》而获得好评。除了小说，他也创作诗歌、戏剧，搞翻译。值得一提的是日本盐谷温的名作《支那文学概论讲话》即由孙氏翻译过来的。

二、有男同车

吴友如《飞影阁画册》中有一幅 1890 年画的《有女同车》图，一辆四轮钢丝马车，马夫在扬鞭策马，后面坐着两位妙龄女子，穿着圆领宽袖的"时装"，她们应当是美貌的。因为早在《诗经》里就有《有女同车》一诗，根据"颜如舜华"、"洵美且都"的描写，坐在车上的颜值必高（唯美派诗人邵洵美的名字即据此古典而来）。诗中对美女赞叹不已，然而同车者谁，是男是女，却不清楚。朱熹解释说："此疑为淫奔之

吴友如《有女同车》,《飞影阁画册》, 1890

诗",大约因为此诗属于以"淫"著称的"郑风"的缘故。不
过是"淫奔"的话,同车的应当是个男子了。

　　吴友如时代的十里洋场"淫"风正盛。1898 年见世的长
篇小说《海上名妓四大金刚奇书》据说是吴趼人作品。书中

描写张书玉、林黛玉、陆兰芬、金小宝"四大金刚",为自我炒作互相别苗头,常常坐马车在大马路上招摇过市,不光自己打扮得光鲜亮丽,连马车夫也穿着奇装异服。

沈泊尘《新新百美图》,1913

坐在吴氏画中的也应当是妓女,而借题于《诗经》,古典新义隔空过招,画中有话,离不开性别话题,也显示女性与公共空间的关系的历史变迁。半个世纪之后的张爱玲也有《有女同车》的散文,把她在电车里偷听到的话记录下来,传到她耳中的尽是女人的话,听来听去，无非是男长男短，啊啊，"电车上的女人使我悲怆。女人……女人，一辈子讲的是男人，念的是男人，怨的是男人，永远永远。"略作细究，交通载体各具空间特征，而张爱玲更喜欢电

丁悚《百美图》，1916

车，其中有女有男，邂逅、艳遇，演出一幕幕天老地荒、悲摧情场的好戏。

　　讲入民国，男女风气变得很快，火车较其他交通工具无疑给女性的公共参与带来了新的速率，也给身心带来新的挑

战。民初《百美图》风行一时，在丁悚所作的图中一个女子从窗中回眸，陈小蝶为之题诗，所谓"此去天涯休苦忆，相寻犹可梦中来"，她在安慰依依惜别的弟弟之时，坦然面对其"天涯"之旅。另一幅为沈泊尘所作，构图与形象（虽然头显得略大）好得多。张丹斧题诗："独立倾城一世稀，奔车如箭逐残晖；经时送我千余里，忍见河山片片飞。"倾城之色与火车搭配，"江山美人"的老套被赋予一种时代性；以"忍见河山片片飞"描摹女子心态也含沉郁飘逸的意境。这类题画诗往往允许主观发挥，而张丹斧这首也比陈小蝶的题诗高超得多。

下面"游记"部分将讲到民国初期学校组织学生乘火车旅行，女子学校也是如此，也有女子写的游记。有一篇游记作者应当是个男子，描写了他在火车中见到的一个女子：

> 对面坐一女郎，状如女学生。自登车后，除竹篮所携食物外，凡车中可购食之物，无不备尝其

味。茶房见其性好挥霍，思冒收茶资，以为尝试之
计。女郎大发雌威，招觅管车员与之大开交涉。车
中人之目光，咸注射于彼美之身；彼乃侃侃而谈，
毫无羞怯。旁观有窃议者曰：此乃受文明良好之成
绩也。（稣《海宁观潮记》，王文濡编《新游记汇刊》
卷25）

火车上茶房为殷勤泡茶，一壶要收两毛钱，有的旅客明
乎其道就自己带有茶叶。这位女郎大约发觉上当就大开交
涉，四周为之侧目，很有新女性的气象。有人认为这是"文
明良好之成绩"，说明时代确实在进步了。

至于火车中男女同车的，如上面《新酒痕》中冯春圃与
王世贞，女子总是花瓶角色。就文学类型学而言，"有女同
车"属于一种次类型，不光是文学，在电影分析中视作"范式
脉络"（paradigmatic context），如《北非谍影》《罗马假日》中
的经典桥段，令人过目难忘。

冯沅君

冯沅君的《旅行》也写一对男女的火车之旅，却反转了性别关系。作者与小说里的"我"一致，是女的，同车是个男子，却是个客体化配角，其言行始终被"我"的叙事口吻所笼罩，与鲁迅《伤逝》里男主角叙事口吻有异曲同工之妙。这一点在"有女同车"的谱系中翻开了新的一页，甚至反转了历来小说叙事的性别秩序，在表现五四妇女解放的议程方面是个难得的见证。

女主人公与"他"相约，瞒着亲友搭火车出北京，在某地旅馆同居，十天后回到北京。从"每人旷了一个多礼拜的课"来看，两人都是学生。虽然"冠冕堂皇"打着"旅行的旗帜"，"而事实上却是醉翁之意不在酒"，似乎胸有成竹地进行一个

在旧时代不亚于"淫奔"的伟大计划。当坐在火车上,在众人面前:

> 我们不客气的以全车中最尊贵的人自命。他们那些人不尽是举止粗野,毫不文雅,其中也有很阔气的。而他们所以仆仆风尘的目的是要完成名利的使命,我们的目的却是要完成爱的使命。他们所要求的世界是黄金铺地玉作梁的,我们所要求的世界是要清明的月儿和灿烂的星斗作盖,而莲馨花满地的。

时至二十年代,年轻情侣的火车旅行可能算不上新鲜事,但这段表述却刻意凸显他们公共展示的意义,且赋予某种仪式的意味,尤其不平常的乃出自女性的视角。但这篇小说的深刻之处在于表现这一神圣之旅的双重逆向运动,即旅行本身的反传统性质及其所伴随的巨大反弹;而在来自传统、社会、家庭的密集风暴中,在个人内心的火花迸现之际,

毅汉《精神之爱》插图，《小说画报》，1919

作者觉得自己的空间，其爱的告白沐浴着时代的阳光，不啻是新一代爱情的启示录。

这"爱 的 使命"处处遇到阻碍而显出吊诡。作火车旅行是为了远离亲人熟知，车厢里两人中间由行李隔开，使"公共展示"大打折扣。新天地不等于自由福地，到了旅馆也不敢公开关系，假装分租房间，遇到同学亲人也竭力撇清，仍不免旁人注视的眼睛和流言蜚语，正所谓名不正言不顺，欲盖弥彰，处处显得尴尬。整个旅程两人均守身如玉，然而男的已背了黑锅，被认作"骗子"，她也被家庭视为"大

逆不道",黑云巨涛正愈益聚拢,在等待他们的归程。的确男
的已经感到沮丧,于是:

　　我将他紧紧的抱了,回答他:"我们是永久相爱
的。"在这彼此拥抱的时间内,我似觉得大难已经
临头了,各面的压力已经挟着崩山倒海的势力来征
服我们了。我想到了如山如陵的洪涛巨波是怎样雄
伟,黄昏淡月中,碧水静静的流着的景色是怎样神
秘幽妙,我们相抱着向里面另寻实现绝对的爱的世
界的行为是怎样悲壮神圣,我不怕!一点都不怕!
人生原是要自由的,原是要艺术化的,天下最光荣
的事,还有过于殉爱的使命吗?总而言之,无论别
人怎样说长道短,我总不以为我们的行为是荒谬
的。退一步说,纵然我们这行为太浪漫了,那也是
不良的婚姻制度的结果,我们头可断,不可负也不
敢负这样的责任。

冯沅君这一代在思想上无疑受到《新青年》的滋养哺育，"易卜生主义"及易氏的《玩偶之家》激起女子解放运动的阵阵波澜。从上面这段激昂的表白透露出对于旧式婚姻制度的批判立场，也含有胡适所鼓吹的易卜生式对抗社会而争取个人自由之意。但是这里的反传统姿态尚在其次，如"向里面另寻实现绝对的爱的世界的行为"所示，女主人公在"另寻"一种内在的真实，这一点对于五四"自我"的话语形塑更为重要。所谓"绝对的爱的世界"的内涵更为具体，与小说所展示的以"贞操"为中心的女性主体的建构有关，这方面直接受到日本谢晶野子《贞操论》一文的影响。该文由周作人翻译，于1918年5月刊登于《新青年》上，嗣后相继出现胡适的《贞操问题》和鲁迅的《我之节烈观》，猛烈攻击旧道德，在女子当中引起激烈震动。

谢晶野子认为"贞操"是对爱情的专一，女子须遵守，男子也不能宽假。胡适在《贞操问题》中也持同样态度："女子尊重男子的爱情，不肯再爱别人，这就是贞操。贞操是一个'人'对另一个'人'的一种态度，因为如此，男子对于女子，也该有同等态度。"在《旅行》中涉及这一问题："他同我谈起话来常要求我不要再爱别人，纵然他的躯壳已经消灭了。因为万一死而有知，他的灵魂会难受的。"这是男方对于"贞操"的要求，然而更为复杂的是，女主人公爱上的是一个已婚男子，她说："我素来是十二万分反对男子们为了同别一个女子发生恋爱，就把他的妻子弃之如遗，教她去'上山采靡芜'的。我以为这是世间再不人道没有的行为。……但是我现在觉得那人是我的情敌，虽然我明知道他们中间只有旧礼教旧习惯造成的关系。我觉得我们现在已经到了不可分离的程度，而要减少他在法律上的罪名与我们在社会上得来的不好的批评，只有把他们中间名义上的关系取消。怎么我的心会这么险！……"

她自觉充当了第三者而自责，但以男子同样应当履行"贞操"为理据，何况这是"旧礼教旧习惯"所造成的。所谓

"关系取消"即离婚之意，某种意义上提出这一点更触痛男人的神经。1919 年 3 月《新潮》上有罗家伦的小说《是爱情还是苦痛？》，男主角想与原配妻子离婚，但意识到这么做就等于"置她于死地"，结果只能放弃离婚的念头，实行"人道主义"，作自我牺牲（《新潮》1 卷 3 号）。上面"世间再不人道没有的行为"当与罗氏的小说有关。在当时这是普遍现象，如胡适、鲁迅诸公也不能免。事实上《旅行》的结尾："北京到了。我们自然是照旧的——未旅行以前的——生活状态过下去。三天后，他来了电话：'往事不堪回首。'"表明男主人公对于这趟"旅行"的否定态度，即像罗氏小说所描写的，做了"人道主义"的牺牲。

《旅行》涉及"贞操"的另一层涵义。到目的地之后，各自分租房间障人眼目，初夜同卧一室时："当他把两条被子铺成两条被窝，催我休息的时候，不知为什么那样害怕，那样害羞，那样伤心，低着头在床沿上足足坐了一刻多钟。他代我解衣服上的扣子，解到只剩最里面的一层了，他低低的叫着我的名字,说:'这一层我可不能解了。'"其实"太浪漫"还谈不上,男的也不是"骗子",体现出一种庄严神圣的纯洁爱情。旅途中"我们的爱情在肉体方面的表现,也只是限于相偎依时的微笑,喁喁的细语,甜蜜热烈的接吻吧"。若用世俗的眼光,什么都没有发生,只能算作友情。但冯沅君所表现的正合乎谢晶野子所声称的:"我绝对的爱重我的贞操,便是同爱艺术的美,爱学问的真一样,当作一种道德以上的高尚优美的物事看待。"而且主张:"我们要脱去压制,并非要放纵无秩序的生活,我们还须仔细聪明的批判商量,建设起实际生活必要的一切自制律,如新道德新制度之类。"在此意义上《旅行》有别于通常的言情小说,如小说开头概括的:"这一个多礼拜的生活,在我们生命之流中,是怎样伟大的波澜!在我们生命之火中,是怎样灿烂的星花!"小说表现了一种理想的爱的体验,也出色完成了对于女作家自我的公共宣示。

话得说回来,如我们发现五四的自我建构的迷思一样,在"新文化"的旗号之下旧传统常常从后门钻了进来。《旅行》中对两人守身似玉的描写,就中国人极度重视处女贞操而言,何尝不是在暗通款曲?出身宦门受诗礼熏陶的冯沅君(其兄即现代大儒冯友兰,后来冯沅君专注学术,与陆侃如结褵,传为学界佳话),怎能轻易跨过这个坎?如果说是"新道德",那属于一种新式名媛淑女的典范。其实这在当时并非独创,如果把镜头拉得更广些,不光看五四或北方文坛,比方说在民国初年的上海,比新文学早几年的《礼拜六》或《小说丛报》所刊登的言情小说,少男少女穿上民国时装,谈恋爱都规规矩矩绅士做派。如周瘦鹃的《五十年后之重逢》发表在 1915 年 6 月的《小说大观》上,讲述一对老人回忆当初两人的初恋情景,那个老妇说:"吾们俩都洁身自好,不比是那种无赖的游蜂浪蝶,和不知耻的浮花贱叶,把文明自由作了幌子,一味的胡为妄作。"其实作者在为自己撇清,却流露出对现代"文明自由"的焦虑。

"旧派"作家恪守道德底线,却不无激进的潜流。像《眉语》那样由女性编辑的杂志,一批女作家的作品即展示了名媛淑女的范式,虽然大多使用文言,却如学者指出她们的作品涉及"私密领域的情欲议题",遂"扭转了既有的旧女性形象",其中"女性不但是情爱的主体,而且是世界的中心"(黄锦珠《女性主体的掩映》,《中国文学学报》3期),在利用公共传媒方面,那种暗度陈仓转换传统的方式有时比五四更为激进,《眉语》常用裸体女子做封面,主编高剑华在《裸体美人语》的小说里自比为"裸体美人",如此惊世骇俗,以致代表官方的"通俗教育研究会"以"淫秽"为由,勒令该杂志停刊。

《旅行》有许多欧化句式,体现了新文学初期的风尚,却不失优雅。尤其在对女性主体作靓丽表述的同时,使读者充分感受到其四周严峻的现实,也是作者写实技巧的高明之处。有一段关乎火车的描画,非常别致。其时天气微阴,阳光稀薄,空中浮着水气:

把火车的烟筒中喷出的烟作成了弹熟的棉花似的白而且轻的气体。微风过处，由大而小的一团一团的渐渐分散，只余最后的一点儿荡漾空际。那种飘忽，氤氲，暧昧，若即若离的状态，我想只有人们幻想中的穿雾縠冰绡的女神，在怕惊醒了她的爱人的安眠而轻轻走脱时的样儿可以仿佛一二呵。牠是怎样的美丽呵，怎样的轻软呵！如果我们的生活也是这样，那是多么好呵。

对火车作如此软性的描写，颇为稀奇。这趟真爱之旅决不平坦，仿佛冲出暗黑的隧道，前方等待着又一个暗黑隧道，而在黑暗的缝隙间，美丽的女神轻轻升起，顾盼自如，在火车赐予的异度空间里。

三、火车里的象征梦境

自从萨义德的"理论旅行"（traveling theory）之说风行一

时，意谓理论文本在传播过程中发生种种误植曲解重生演绎的复杂情状，也使"旅行"成为思想流通的比喻，在学界满天飞，后来有一本《旅行作为比喻》(*Travel as Metaphor*)的书，内容讲的是欧洲文艺复兴以来从蒙田、笛卡尔、孟德斯鸠到卢梭的思想之旅，此书薄薄的，读起来却不轻巧，像作者的名字 Georges Van Den Abbeele (现任美国加州大学尔湾分校人文学院院长)。的确，就像萨义德本人不啻是全球时代思想交锋场域的一个比喻，"理论旅行"固然给思想注入多元时空想象的激素，然而不同文明之间的格斗搏杀无丝毫减弱的迹象；另一方面"旅行"这回事却变得可悲起来——失去了轻松愉快的那层意思。

这三篇火车小说，孙俍工《前途》、冯沅君《旅行》和王统照《在车中》都写旅行，却不轻松，都被当作思想之旅，成为人生或历史"目的"的比喻。某种意义上它们可读作"新文学运动"的比喻，如果说孙作表达了对人类前景的无限乐观，冯作描述了自我解放之途中遭遇暗礁险阻而千回百转，那么王统照的《在车中》则出现了断裂。小说描写三个知识分子——唯明、高先生和云生从北京出发，火车过黄河后发生故障而停车，小说也止乎是。自二十年代初新文学运动已内部分化，各派林立，至 1924 年孙中山实行"联俄容共"政策，党派政治为文学搭建新舞台，文学卷入政治漩涡之中，这篇小说可视作文人学士纷纷离开北京而南下的见证，因此新文学运动仿佛物换星移，是另一番光景了。

"居然在很阔气的特别快车的大餐间里吸这样好烟！"小说以云生向唯明说的这句话开头，点明了旅客阔绰的身份。他们搭特别快车，应当坐头等车厢，不过在一味哭穷。身为大学教授的唯明在抱怨薪水微薄："十几年的辛苦，还不如一个车上的司务。"另一位官场里的高先生，以法律家、雄辩家闻名，也在叫苦连天，说这回是他太太脱下一个金镯子给他去典当了才买的车票。云生与他们结伴同行，却不同道，自己另有心事。他在一旁听两人"用中文与英语乱杂着热心地辩论着社会主义与国家主义，什么集权制、劳资竞争的名词，在他们口角边的飞沫里吐出",这里第三人称叙事出自云生的视角。小说未交代三人要去哪里,而从高先生和唯明"高谈政理要试一试抱负",显然在北京不得志,为另找出路而南下。那时京沪之间还没有直接通车,他们走的是京汉铁路,目的地是汉口,可转车去南方各省。

在《在车中》发表半年之前,左翼作家蒋光慈的《少年漂泊者》出版,为青年鼓扬反抗之风。主人公汪中受尽地主、资本家欺凌压迫,最后怀着阶级觉悟奔赴南方投身于黄埔军校。虽然高先生和唯明属于高知阶层,远不能跟胡适、鲁迅等每月拿几百大洋的人相比,也不可能是汪中,然而当群雄竞起烽火逐鹿之时,他们投袂而起,纷纷冲出"铁屋子",奔赴热血疆场建功立业一试身手。这好似历史反转着新一轮风水运程,只是对于知识分子不同的是,怀中所揣的不再是四书五经,而是种种"主义"的葵花宝典。

《在车中》的结构颇特别,云生是中心人物,另两位陪衬;要说情节的话,则是围绕着他的内心思绪的波澜而展开

王统照

急速变动的风景，与火车的隆隆节奏跌宕起伏。对于高先生与唯明之间有关经世治国的高论雄辩，他无动于衷，而离开两人在一旁品尝孤独和追寻梦境，浮现在脑际的是为他远行送别的"站台上电光底下的紫衣人"——云生心中的神秘镜像，于是"他望着惨黄的月色，觉得她那副凄凉的面貌正像一切的象征。同时一种悲壮的感怀涌上心头！觉得这破碎的山河，苦闷的人生，忧郁的自己的心情，不可知的未来的命运，难于分解处理的种种问题，全个儿纵横纷乱向他那思域中积压、扩展"。随着车轮的滚动，思绪愈益纷乱，旋拧旋紧。

这里多半有王统照自己的影子。典型的五四文学青年，在北京读书时，火烧赵家楼有他的份，也在刊物上发表小说，1921年与郑振铎、茅盾等人发起成立文学研究会。然而作为山东人又不太典型，文风刚中带柔。王统照幼时丧父，据十年后他的回顾，写这篇《在车中》期间，母亲才刚亡故，他住在青岛海滨的小屋子里，生着病，"有时一股强烈的悲感冲上心头，无可排遣"，觉得好似"站在十字路口更不知向哪方去是适合于自己的体力与容易引起自己兴趣的大道"（《王统照短篇小说集序》，开明书店，1937）。这么看云生"悲壮的感怀涌上心头"，很有自况的意思。当火车驶过黄河大桥时开始摇晃起来，云生的思绪陷入漩涡，伤感而悲壮，且带有"悲观论与定命论的色彩"：

> 人生的梦境太复杂，而且是太长了，不如短小些，还容易从梦中醒来。在火车中，柳荫的大堤上，欢笑光明的闺房之内，议事厅与杀人不眨眼的刑场，一切处所，都教人迷住。在每个时间里沉浸在

一种有趣的兴动的不能不诱惑之中，何用说是非，更何用较利害，"游离状态"成就了多事的人生，于是世界穷，于是一切的等量、比量，一切的究竟、目的，都沉醉在此中；都毁灭在此中。然而又有来复的机会，再毁、再成、再苦恼、再大声的欢呼，再……

与《在车中》同一年鲁迅出版了小说集《彷徨》，与数年前《呐喊》比照反映了鲁迅的心态转变，王统照视鲁迅为偶像，而云生"站在十字路口"的"游离状态"也是"彷徨"的另一种表述，正当他沉醉于"目的"暧昧处于毁灭与再生的呓语中，火车撞车了，他被震得晕了过去。

"各人努力经营着各人的梦迹"，云生也在做梦，但"人生如梦"的不竭主题让白话语法及其修辞翻开新一页文学自我的探索。在他激昂呓语与伤感抒怀的间隔中，火车的滚动与呼啸、乱世烽火从背景淡出，突然如一个特写镜头聚焦于他心中的幽谧深处而出现梦幻的主宰也是小说结构的潜动力——"紫衣人"。当火车在黑夜里经过黄河岸边的村落，他听到惊醒的吠声，"然而这是视觉与听觉的瞬时所得，如箭一般飞去了，云生的感觉很奇怪"，他突然想到王维的句子："寒山远火，明灭林外，深巷寒犬，吠声如豹"，又觉得在繁复生活里不宜有这样的"闲心"找"天机清妙"：

> 但究竟诗中有画，就是这样的散文，又何尝没有画境呢？于是他想到画，快的，即时印在记忆中的那一幅便展在他的眼前了。一大片丛岩前的树林，中间夹流着一道飞泉，那苍明的绿色，与柔软的笔触，真能现出画者的丰神。那里头的生活，那画时的心境，在岩边支开了小形的画架，散着发儿在晨露未晞的时光里，沉静地执着彩笔，一幅柔曲的背影，却被几只起作晨歌的小鸟们看着，这是何

等的新鲜，清凉！在味觉上是甜的，在嗅觉上是清
芳的，在……这是个人相赠的一幅画，带有丰富的
梦境象征的画。

这是五四式内在真实的又一写照，比冯沅君《旅行》中
的自我宣示更具复杂的"象征"维度，也不像鲁迅的《野草》
那么苦闷阴暗，有趣的是云生进入想象空间的过程，他把自
己从纷扰的外在世界里分离出来，且克服了有关"闲心"的
自我检审，因王维的"诗中有画"与记忆中的"画"扣联。这
种孤立的内心状态令人想起柄谷行人关于"风景的发现"的
论述，所谓"认识性的装置"与视觉现代性起源有关（赵京
华译《日本现代文学的起源》，三联书店，2003，页12—22）。
马克思在《德意志意识形态》中就把照相镜头中的景物倒置
来比作意识形态的建制性质，其后本雅明揭示艺术领域中由
于复制技术导致"灵氛"（aura）的消逝。在柄谷行人的《日本
现代文学的起源》之后，南西·阿姆斯壮（Nancy Armstrong）

在《摄影时代的小说：英国写实主义的传承》一书以狄更斯小说为例，说明其"写实"形似自然之真实，其实被十九世纪以来的图像世界所左右（*Fiction in the Age of Photography*，Harvard University Press，1999）。因此柄谷的"风景"装置说也是受现代视觉技术操控的一种比喻，重要的倒是他的日本文学的接受视角。我们可发现云生对于风景装置的自觉又颇为费劲的使用，而"快的"一语好似快镜的一声咔嚓，记忆中的画面由是跳出。柄谷行人批评说，在国木田独步的"难忘的人们"中，作家所关注的是物而不是人，而对于王统照来说，更关注人，这个"紫衣人"却"像一切的象征"，似乎体现了中国文化的特质。

在云生的凝视中，"画者""执着彩笔"，其"柔曲的背影"在晨光小鸟的注视之中，所谓"真能现出画者的丰神"，应当是画者的自画像，因此"带有丰富的梦境象征的画"，即为爱的馈赠。展现在云生记忆中的画面充盈着爱意，重重画面交相重叠，犹如画中之画，梦中之梦，具有"元画"

（meta-picture）的意味，其中画里画外各种视线交错之复杂，似不亚于那张鲁迅在日本见到的促使他"弃医从文"的幻灯片。尤可注意的，这一"孤立的内心状态"具有特殊意涵，且不说呈现在飞速穿越纷乱时世的火车中，铁路和火车本身属于近代资本主义的物质生产方式，也产生了作为消费者的旅客，而云生的梦境则在抗拒火车所主宰的空间，经过王维"诗中有画"的通道而回到"元画"之点，似与传说中"河图洛书"不无联系（火车在黄河边撞车似有潜意识成分），作者由是自置于传统的河床中，而作为"一切的象征"的"紫衣人"超出了一般浪漫爱情的主题，即使在作者的"游离状态"中饱含激情的冲动，即一种人生"目的"的象征，毕竟王统照选择了文学，正如小说最后一句，云生"又入了梦境，电光灯亦有紫色衣裙的飘动"——仍在编织美丽的文学之梦。

"震惊"与现代性灾难

电影史上以 1895 年法国卢米埃尔兄弟在巴黎献映几部短片作为电影的诞生,其中有一部名为《火车进站》。银幕上一辆火车驶近时,观众显出惊恐而引起骚动。不管信不信,这已是世界电影史上失之无欢的神话,不过最初电影给人带来的"震惊"(shock)现象成为后来芝加哥电影学派汤姆·甘宁(Tom Genning)、汉森·米莲娜(Miriam Hansen)等人探索早期电影作用于人的感知场域的奥秘的一把钥匙。

周瘦鹃也生于 1895 年,没看过《火车进站》,但是二十年后给另一部电影中一辆从未进站的火车击中,引起脑洞震荡,在后来他写的有关火车的小说里余波荡漾。那起因于一部题为《WAITING》的影片,周在一家影戏院看了大受感动,

瘦鹃三十岁的影

丁悚趣

TINGSOONG
1917

周瘦鹃

把它演绎成一篇"哀情小说",现炒现卖发表在 1914 年 11 月《礼拜六》周刊上。故事发生在伦敦,惠尔与梅丽一对少男少女爱恋方殷,订婚之后,惠尔远赴澳大利亚只身创业,三年之后事业有成,梅丽得到父母许可,来与惠尔相会。那天他手持鲜花,满怀欢喜期待,在火车月台等候梅丽,但火车迟迟不至。终于噩耗传来,火车在途中出事故,梅丽身亡。自此之后在火车站总可看到惠尔,永远出现在这一时刻,捧着鲜花等候永远不至的爱人。

影片没什么情节,小说却宛如一首抒情诗,哀伤气氛久久盘旋,在长恨绵绵之中,惠尔的痴情和回忆在徘徊,直至

死亡:

　　悠悠忽忽越三十载,潘冀已垂垂白矣,而恋爱梅丽之心,初未少变。一日薄暮时,夕阳红抹,入室映射火炉架上梅丽之小影,梨涡上如晕笑容。惠尔遽颤颤而起,整其衣冠,就胆瓶中取花一束,趑而出。

彳亍至火车站上,翘首伫立以待,一如三十年前。少选,火车至,乘客纷纶而下。惠尔雀跃如稚子,摩挲其模糊老眼,直射车窗之中,顾人尽散而独不见梅丽倩影,遂仰天微喟,掩面归去。入室则见梅丽小影似犹于夕

《礼拜六》周刊,1914

照余光中呈其笑容。惠尔乃槁坐椅上，沉沉以思，双手执小影，痴视不少瞬。刹那间往事陈陈，尽现于目前。初则见小园中喁喁情话时，继则见火车站上依依把别时，终则见个侬姗姗而来。花靥笑倩，秋波流媚，直至椅侧；低垂螓首，脉脉无语，但以其嫣红之樱唇，来亲己吻。惠尔长跽于地，展双臂大呼曰："梅丽吾爱，予待卿已三十年矣，卿奈何其姗姗其来迟也。"呼既，即仰后仆于椅上，寂然不动，而梅丽之小影犹在手。时窗外月黑如死，杜鹃匝树而飞，声声作泣血之啼，似唤惠尔幽魂归去也。

《WAITING》是一部短默片，对惠尔的悲情虽有片幕文字解释，大约仅几个镜头而已，却为周瘦鹃写成一大段文字，倾情展示其蜚声一时的"哀情"风格。与他惯常表现"为情而死"的主题不同，造成魂断鸳梦的并非通常的为国牺牲或受家庭压迫，却是代表高科技的火车，对于现代性不无反讽的意味。转译影像的文字带来技术上革新，即描绘惠尔三十年如一日的痴心专注，永远回溯到与梅丽的浓情蜜意之时，而他的记忆也凝固于他手中的梅丽"小影"中，她的"笑容"定格于过去的瞬间，对惠尔如此鲜活，不断经由他的目光和记忆的过滤，来回穿梭于时光隧道，其伤感历久弥新，低回欲绝。同样周氏也诉诸这种"定格"的视觉技术，竭力牵住转瞬即逝的影像运动，在延宕的无限空间中（脑际萦回着影院为影片所作的现场音乐伴奏）任性发挥其荡气回肠的悲情演绎。

百年前这一周瘦鹃的抒情段子，对于中国现代文学之初中西文学普世人性的融汇也似一个瞬间"定格"。林琴南翻译的《巴黎茶花女遗事》与《红楼梦》交相呼应，以情感的审美表现为主的文学理念在晚清的救亡启蒙高潮中潜流埋伏，至民初"共和"曙光中以徐枕亚《玉梨魂》为标志，文学"情种"急匆匆摆脱政治的笼罟而如春风野火蔓延，"伤感—艳情"的文学传统绽放世纪初的辉煌，以致1915年梁启超在

《告小说家》一文中惊呼"艳情"小说甚嚣尘上，重煽"诲淫"之风（《中华小说界》2卷1期），令人想起他十余年前在《论小说与群治之关系》的名文中对《红楼梦》式的"才子佳人"小说大加讨伐，甚而直斥中国"旧小说"为"群治腐败之总根源"（《新小说》1期）。梁氏并非危言耸听，论断尽管简单粗暴，却始终是悬在二十世纪中国小说头上的"达摩克利斯之剑"。

为梁启超抨击的"艳情"小说也即后人诟病的"鸳鸯蝴蝶派"文学，的确一种文学能形成风潮，难免泥沙俱下鱼龙混杂，然而其中也必有折射时代精神的闪亮佳作，《玉梨魂》即其一。小说写年轻寡妇白梨娘陷入情网，受新思潮熏染的有志青年何梦霞追求专一爱情，至死方休，已超出一般谈情说爱的主题。就其挑战传统道德底线而言，不像五四式彻底反传统那么干脆利落，但对于旧道德泥淖中痛苦挣扎的感情描写却更富文学性、悲剧性。中国文学至晚明时代对于人性有一次大发现，由于确认了"情"的本体高度，遂对各种痴情、畸情给予礼赞般的文学表现。像梦霞那种"情魔"类型正接续了晚明的文学谱系，开启了探索复杂人性的可能性，在有清三百年之后卷土重来，不无反击专制的意义，可惜不久就遭到了五四新文学的拦截，《玉梨魂》首当其冲，被罗家伦、周作人、钱玄同等加上"复古""黑幕""陷害学子"等罪名。其实周作人和鲁迅也表示过《玉梨魂》是一部"问题小说"，觉得不那么简单，不过他们似无意深究，在科学进化、启蒙人道和物质功利的旗号下把脏水连带婴儿一起泼出了事。

在民初的"伤感—艳情"文学浪潮中周瘦鹃大显身手，网开一路。他比徐枕亚一派更西化，而他的自我时尚化（self-fashioning）更为诡谲，把自己和小说主人公换置错位，就像在《WAITING》前面一段自我告白极度形容自己的生活烦闷无聊，忧郁成性，"宵来一灯相对，思潮历落，四顾茫茫，几于病作，于是藉影戏场为排遣之所，不意华灯灭时，触目偏多哀情之剧，笑风中辄带泪雨，伤心之人乃益觉荡气回肠，低回欲绝"。因此对于痴心惠尔的深情诠释不啻是自己"伤心之人"的镜像投影。事实上周氏的文字更具表演性，刻意把文学自我形塑成多重角色的现代"情种"，时而大谈特谈拜伦、拿破仑、勃朗宁等世界"名人风流史"，宣扬西洋爱情文化，时而表示崇拜女性，抱怨老天为何不把他生作女儿身，因此青年读者视之为"爱神"化身，异性粉丝们的手包里藏有他的照片，已然是追星模样，不过他的自我包装最成功的还是"伤心人"形象，把一次失败的初恋经验演化为无数催人泪下的"哀情"故事，后来他以初恋情人"紫罗兰"命名的文学杂志成为大众爱情想象的乐园和都市现代性象征，仍有个人的忧郁色彩。

徐枕亚、周瘦鹃等都被归入"旧派"，他们似乎甘之如饴。他们爱国，也不反对社会进化，只是喜欢讲油盐酱醋，讲小世界，与老百姓喜怒哀乐共沉浮，又不愿放弃"国粹"传统，像文言啊、抒情传统啊，对他们来说等于衣食之源，如鱼得水，如布尔迪说的是种种象征、教育资本充值的"习性"

（habitus）使然，所以面对革命高调的新文化，有点吃不消，不敢硬碰硬，只能放软档，在传统的长河里做条鱼，相信也能游到"现代"的彼岸，其中含有一种不无游戏性质的文化保守的软实力。

1921年4月《礼拜六》107期上的《火车中》，是周瘦鹃译自法国亚克瑙孟（Jacques Normand）的短篇小说。一个火车中艳遇的故事，极其轻松幽默。在巴黎去南部的火车上鳏夫沈山洛遇见一个"娇小可爱"的妇人，坐在他对面，能和"一个美妇人关闭在一起作长时间旅行"，他心中窃喜不已，想找借口搭讪，却不得其道，只能一边假装看报，一边偷眼窥觑。到了汤南尔站妇人下车，在铁路对面的书摊旁流连忘返，火车就要开了，她还没有上车。沈山洛心急如焚，心想这么冷的天，她把毛毯和披肩都留在车上，怎不会着冷？于是他急中生智，把毛毯和披肩抛到窗外，托铁路人员交给妇人。没想到看走了眼，其实妇人早已回到车上，可想而知，她大发雷霆。他千错万错赔不是，又怕她着冷，跪下求她接受他的毯子："你没有毯子，定要着冷，着了冷，全是我的罪过，我任是到了咽气的一天，也不能轻恕我自己呢。"妇人仍然发怒，他说不接受的话便要从窗口跳出去。"你疯了！"妇人惊叫起来，接着口气变得柔和起来，于是两人惺惺相惜。其实这位沈兄是个巴黎老克拉，像他后来跟朋友讲："当时我真个要寻死么？其实并没决定，不过模样儿做得很像。"妇人问他："怎么把旁的妇人错认我呢？"他悄悄回答："我瞧伊怪可爱的。"她听了十分窝心，接下来可以想象，两人越说越投机，原来她是个寡妇，这趟旅程之后不久，两人就喜结连理了。

周瘦鹃介绍亚克瑙孟生于 1848 年，作品诙谐而优雅，有"文学蛋糕师"之称。当时文坛热衷于翻译外国古典作家的作品，周氏涉略广，目光移向现代。但是好笑的是周在小说后面有个说明，说翻译这篇开心果，因他的好友袁寒云"说我的哀情小说大煞风景，读了总要怆然捲卷，因此译这一篇滑稽小说给他开开胃，不过下期中恐怕又要做哀情小说了"。

"哀情"是周的品牌，哪能轻易放弃？果然在《礼拜六》第130期发表了《两度火车中》，写青年黄芝生因火车失事而受重伤，醒来丧失记忆。一天在报上读到一个结婚告示，使他震愕，突然恢复了记忆，想起当时他同女友一同乘火车旅行，从纽约驶至诗家谷时出轨，受伤的他将女友从车下救出，由救护车载走，自己却不省人事，然后得到一个美国青年画家的照料，数月里身体复原，过去一切不复记忆。现在从报上得知女友将与一个富家公子结婚，伤心欲绝。画家带他去海边散心，忘却过去一切。但在诗家谷火车上看到他女友正与丈夫在作蜜月旅行，芝生于是受刺激而发疯。

题目"两度火车中"不仅指黄芝生，也呼应了数月前翻译的《火车中》，如周氏许诺的，果然积习难改，又做了一篇"哀情"创作。这样对待创作含游戏态度，为严肃作家不齿，其实这是"通俗"作家的本色，然而在游戏之中作者的潜意识暗潮汹涌，含有某种反现代的深刻性。《两度火车中》表达了火车给爱情带来毁灭的主题，从中可听到来自

《WAITING》的回响，回到"哀情小说"的轨道，周氏不由自主被文类牵着走，给火车造成的脑洞震荡在起作用。《两度火车中》的故事也发生在海外，变成美国的诗家谷，而悲剧主角变成黄芝生——一个重要的主体切换。同样由于火车的"震惊"作用，黄芝生是由身体撞击而造成失忆，而惠尔虽属间接造成心理创伤，但他对梅丽的全神关注其实也是一种失忆的症状。

德籍文化史家契凡尔布什（Wolfgang Schivelbusch）的《火车旅程》（*The Railway Journey*，1986）一书

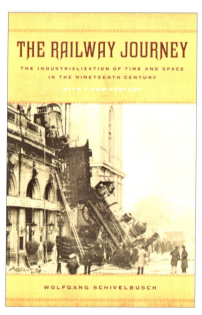

Wolfgang Schivelbusch, *The Railway Journey*，加州大学出版社，2014 新版

是描述火车与时空观念变化的经典之作。最初乘坐火车的
"飞弹"般刺激快感也带着对于出轨和冲撞的巨大恐惧，随
着机械技术不断改进和新行为方式的建立，人们渐渐习以
为常，但潜在的害怕并没消失，就像今天汽车配有安全带和
气囊，尽管常为人们疏忽。如上面提到的卢米埃尔《火车进
站》一片，欧美各国的媒体经常渲染电影的"火车效应"，特
别对于乡巴佬如何见到火车而魂飞魄散的情状津津乐道。刘
善龄在《西洋风——西洋发明在中国》（1999）一书中说，相
比之下，"中国人第一次听到火车的汽笛，显得冷静得多。他
们非但不感到恐惧，反而人人面带笑容。"中国人的心理结构
较为结实，大约拜赐于《易经》的变动不居的历史哲学，或对
西方的"奇淫巧器"抱轻视态度所致；再说火车自发明半个
世纪之后才来到中国，在华传教士或清朝旅外官员做了大量
宣传，已视火车为恩物。1897 年 9 月 5 日《游戏报》上《观
美国影戏记》一文形容中国观众最初看到火车影像："又一
为火轮车，电卷风驰，满屋震眩，如是数转，车轮乍停，车上

火车伤人，《浅说画报》，1912

客蜂拥而下，左右东西，分头各散，男女纷错，老少异状，不下数千百人，观者方目不暇给，一瞬而灭。"所谓震惊效果也仅止于"满屋震眩"而已。但是这不等于说对火车没有恐惧感，事实上从晚清至民初《点石斋画报》等不少图像来看，关于火车撞死人、撞大象、车厢起火或各种灾祸不绝如缕。更不用说开启中国铁路史的一个致命插曲：1876 年 8 月 3 日在铺设第一条淞

南满铁路南开客车在马仲河脱轨,《良友》, 1930

巨象当车,《申报图画》,1909

沪铁路时,火车碾死一个中国人,由于中方的抗议,铁路修建一度停止,当时有人说死者受中国政府收买,故意造成事故云。(肯德著,李抱宏等译《中国铁路发展史》,三联书店,1958,页14)

另一方面也有不少图文介绍外国的火车车厢有影戏院,有"自动书柜",或是个小学校等,当然能起正面宣传效果。至1920年代对于火车中国人已完成了心理适应的现代化过程,如前

文讲过孙俍工的《前
途》，蒸汽引擎与观
念的力量相结合，把
火车当作历史进化
的隐喻，于是甘愿把
自身命运托付给科
学与机器。在日常
经验层面上，包天笑
在《衣食住行的百年
变迁》（1974）一书中
自述其清末以来与火
车的不解之缘，历数
自己搭乘过的南北各

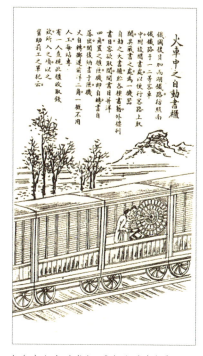

火车中之自动书柜，《舆论时事报》，1908

地的线路，目睹种种设施的改进完善，对火车的方便和快乐
赞不绝口："我以为坐火车最有兴味"，坐在火车中可以观赏
风景，可以读小说和报纸，也叩以观察人情世故，当然有关

"震惊"的记忆已毫无影踪。从这个角度看周瘦鹃的《两度火车中》对火车的负面叙事在现代文学中极具另类色彩，如果火车指涉"现代"的话，那它的失控给主人公带来一系列失落——失忆、失恋和失常，给现代人命运带来无可理喻的反讽。

"诗家谷"即芝加哥，周氏小说之前已有人这么翻译，后来徐志摩等一班诗家都喜欢这么用。自十九世纪后期芝加哥发展成工业与金融中心，在美国城市中名列前茅，这个译名则显出非凡东方式诗化想象。但小说叙事者慨叹："可怜的黄芝生，你为甚么两度上那火车?"黄的女友看见他装作不认识，她已经变心别恋，但小说并没怪她，把黄的惨剧全怪罪于火车，断命都是在"诗家谷"，对于这个美丽地名别有一种揪心的揶揄。本·辛格（Ben Singer）《情节剧与现代性》（*Melodrama and Modernity*, 2001）一书写到 1870—1910 年芝加哥的工业产值占全美 55%，人口从一千四百万暴涨至四千二百万，市内交通拥挤不堪，各种车祸属日常景观，有关车祸的图像时常出现在当时英美报刊中。民国初年的上海与此相似，周瘦鹃在《遥指红楼是妾家》《汽车之怨》等小说里描写电车、汽车所造成的祸害，反映了跟不上现代都市发展速度的心态，也谴责富人横行霸道，草菅人命。

二十年代初周氏的小说风格有很大转变，几乎全用白话，题材也面向广泛社会现实，对人欲横流、伦理颓败加以抨击，在他看来都是现代性带来的弊病，这

倒头栽车，《纽约世界》(*New York World*), 1896

也是《两度火车中》背后的意识形态，火车出轨也可读作现代性和传统脱轨的隐喻，仍蕴含着他的保守文化政治。值得注意的是"震惊"使黄芝生失去记忆，医学上谓之"失忆"，

纽约城，《生活》(*Life*)，1909

小说里经过医生诊断，属一种可愈性失忆。近年来失忆是文艺表现的热点，单看这十几年好莱坞以 amnesia 为题的影视出品就有数十部，如前年公映的《依然爱丽丝》（ *Still Alice* ）颇获佳赏，摩尔（ Julianne Moore ）因之获得奥斯卡最佳女主角奖。爱丽丝患上 Alzeimer's disease——一种可怕的遗传性痴呆症，也与她的母亲与姐姐在一场车祸中丧生的记忆有关。

差不多与《两度火车中》同时，周瘦鹃在《游戏世界》第5期上发表了《幻想》的短篇，显出他对火车与失忆的浓厚兴趣。劳白在花园里醒来，想起数周前他在火车里碰到害死他姐姐的凶手，在打斗中把凶手掐死，然后因火车翻车他失去知觉。劳白的母亲发现他醒过来万分欣喜，而他自觉是个罪犯而深感痛苦，准备去自首。接着他从老牧师那里得知在他旅行期间那个凶手开车掉在河里淹死了，方才明白自己打死凶手为姐姐报仇纯属火车里的幻想。结果他如释重负，和一位在照料他的美丽姑娘谈起恋爱来了。

《幻想》也由火车震惊而导致失忆为主因，以设置悬念和最后揭穿谜底为叙事结构，糅合了凶杀、复仇、爱情的元素，而幻想和失忆形成心理对照。这篇小说属于一种冒牌翻译，即编造洋人的故事；对这类作品文学史家不知怎么办，其实一般旧派作家都喜欢玩文类杂交，由周氏这篇小说可见一斑。

游记的全景感知

　　安德森说民族"想象共同体"的建构靠报纸和小说，如果说到硬件的话，不能忘了火车。使这种想象赋形生动的是一种全景式景观，也得归功于火车，自十九世纪中叶起负载着维多利亚工业革命的铁轮在全球风驰电掣。1861 年法国人 Benjamin Gastineau 在《铁道生活》(*La Vie de chemin de fer*) 一书中感性地描绘火车以飞速吞噬了空间，车窗外景物无论悲欢戏剧滑稽插曲，如灿烂烟花；所有事物穿着炫目和幽黑的衣裳，展示骷髅与情人、朝霞与夕阳、天堂与地狱、婚礼、洗礼和墓地，皆转瞬即逝。契凡尔布什在《火车旅程》中把这种现象归结为"全景感知"(panoramic perception)，意谓与传统的感知方式形成对照，处于火车运动中的事物皆随地飞散，旅行者置于穿越世界的机械装置中，只能在运动中看到大千世界，与其视觉感知融为一体。

自 1860 年英法联军之役后，清廷设立总理衙门不得不承认"天下万国"的共存之局。在观念上从"天下"到"万国"确是"三千年未有之变局"，知识人争先恐后踏破"现代"的门槛为了得到一张"全景感知"的入场券，而报纸和小说捷足先登举重若轻，创办《申报》的英国人美查（Ernest Major）于 1877 年发刊了《寰瀛画报》，1884 年又创办《点石斋画报》，给老百姓展示如德国学者瓦格纳（Rudolf Wagner）所说的"全球想象图景"，人手一册便能看到世界上角角落落的新闻奇观，诸如中法之战的壮烈、西医的神奇、穷乡的迷信、维多利亚女王的雍容、长三堂子的妍丑等。天下之大无奇不有，空中有飞舟，海上有轮船，地上有马车，有一样东西却莲步姗姗——火车是也。然而《兴办铁路》一画传佳音，解释说同治年间已造了淞沪铁路，可惜后来被毁掉。现在朝廷明令李鸿章筹款兴办天津到通州的铁路，最后说："将来逐渐推广各省通行，一如电线之四通八达，上兴下利赖无穷，窃不禁拭目俟之矣。"盼翘之情溢于言表。

　　1906 年见世的李伯元《文明小史》采用《儒林外史》长卷散点结构，而无数人物如灯笼穿梭，不管真假新旧无不口口声声要"维新"，其实这也是贯穿六十回小说的叙事视角。

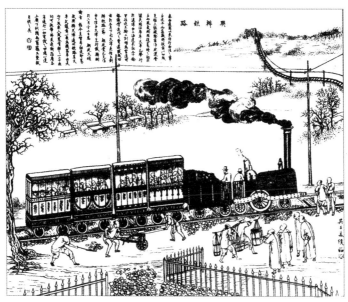

兴力铁路，《点石斋画报》，1884

苏州贾氏三兄弟游历上海，到丹桂茶园看《铁公鸡》即 1895年轰动一时的"时事新戏"，结尾写到"立宪"声中迎来了新世纪。时间跨度不大，空间则忽东忽西，涵盖上海、南京、北京、杭州、湖南、山东、陕西等地，几遍整个帝国，还远至日本、北美、加拿大，作者似在炫耀"全景感知"的世界视域，只是速度跟不上，各路人马东奔西走靠的是轮船，只有到了日本美国的时候火车才现身。在第五十二回饶鸿生搭火车去温哥华，"那火车波的一响，电掣风驰而去，那一天便走了四千四百里"，如此神速如天方夜谭，当时在英国火车最快的时速达八十英里，在中国慢得多，一般时速二三十英里，李伯元对火车没感觉也怪不得他，那时的帝国总共没几条铁路，只能靠空间跳跃的叙事方式来弥补，而传统的全知叙事视点由全景感知所统辖，使这部小说跨进了"现代"。

不消多时，1913 年上海出现一种"幻游火车"，一般市民只要花几毛钱就能周游世界。《申报》上这么介绍：

吾人局处一隅而欲周游欧美,其志愿终不能偿者,无他,势限之也。夫出游之要有三:一精神二闲暇三赀斧,废一不可。今能舍此三者而得游观之乐,则诚千古之创闻、世界之奇事也。幻游火车者,置身其中无异旅行,汽笛一鸣,瞬如千里,举凡高山大川名都巨埠者,若伦敦、巴黎、柏林、西冷及意大利雪山、加拿大之瀑布等等,胜景在前历历可指。至若过桥梁下峻坡穿山洞越大海,离奇变化惟妙惟肖,宛如身临其境,是真巧夺造化之功、能补人生之缺陷者矣。诸君未经海外,藉兹可当卧游;已涉重洋,对此恍如再历。吾知联袂偕来者,固不仅悦目赏心,亦藉以增长见识云尔。(12 月 29 日)

地点在英租界南苏州路上,开演时间每日下午一点至六点,晚上七点到十二点。每半小时演一次,每次每位四角,孩童减半。晚上每位五角,设有雅座,供应咖啡牛奶酒水洋点心等。这个广告以"美国新到特别奇观"作招徕，多半是噱头，说"每次转换画景"，大约是游客坐在火车里，从画景变换中看到世界各地景观，似是一种看西洋镜差不多的玩意儿，虽是火车全景世界的观念体现。

不必等到火车，自古以来中国人就有"禹贡"式"天下"思维模式，所以从天下到万国好似一种知识转型，也没那么简单。美查从一开始就明确主张"绘事"采用"西法"："务使逼肖，且十九以药水照成，毫发之细，层叠之多，不少缺漏，以镜显微，能得远近深浅之致。"（尊闻阁主人《点石斋画报序》）绘画采用西洋定点透视法，用照相石印制版印刷。无独有偶，《文明小史》最后可听到作者假声自诩，说小说"比泰西的照相还要照得清楚些，比油画还要画得透露些"，与《点石斋画报》相呼应，遂进入了本雅明所说的"技术复制"而带来的"视觉转向"时代，可说是中国现代文艺"现实主义"的滥觞。

代表火车的软件是"旅行小说"。对这方面的译介也比较晚，如1909年《小说时报》上陈冷血的《火车盗》、包天笑的《火车客》等，中国自己的火车小说更晚，如前面讲过的陈蝶仙《新酒痕》。较早出现的是诗，如1905年第11期《国粹学报》上邓方的《火车中望都城诸山》一诗："晓月下芦沟，行人坐山胫。出郭未五里，巉岩崎万岭。拔地形鸾翔，竟天势马骋。玉泉颇蜿蜒，锦屏独修整。岩去奇若失，峰来美先逞。嵯霞鹤背晴，初阳雁边炯。西山百枝干，下盘十万井。遥知登高人，俯见田棱棱。千仞青巉屼，秋色压我顶。西风吹枯山，野火烧乱梗。车行迅风飘，惊魂与轮迸。挥手谢山神，遥见飞鸟影。"

旅行文学源远流长，《昭明文选》有"征行""游览"和"行旅"三类，收录了当时流行的五言诗。邓方这首诗颇有五言古调，相对于"全景感知"的表现另有曲折之处。"车行迅风飘，惊魂与轮迸"这两句形容伴随火车飞速行进而产生魂飞魄散的感受，十分真切。关于早期火车的心理效应，除了上文说的震惊之外，还有一种是由于注视窗外飞逝的景物而产生的审美疲劳，但邓方此诗中，与其"惊魂"形成对比的却是大段描绘的峥嵘山景，轮廓分明，宛如北宋范宽的画风，显得整饬而厚重，似看不到震惊或疲劳的心理痕迹。这样的山景描写应当是后来的语言建构，震惊的经验已被消化反刍，与《国粹学报》所鼓吹的语言与文学理论相一致，十分强调文字传承中国历史与文化的功能，因此邓诗蕴含某种传统的定力，借文字魔力在现代性冲击之间取得平衡。

与此对照，1916 年 3 卷 2 期《学生杂志》上《正太铁路火车行》一诗写火车在崎岖山道上艰难前进，然后："光绪之末大工起，穿洞凿山通铁轨。汽笛呜呜烟上腾，火车日向东西驶。早发正定暮并州，千里之遥如尺咫。行远无庸更畏难，车转如风路如矢。每从窗隙望前林，天旋地转双眸昏。"在叹颂火车缩地成寸的神奇功效时，以"路如矢"形容对速度的感觉，以及窗外景色对于神经与视觉所造成的昏晕效果，殊为真实而鲜活。作者孙之桢是山西某中学四年级学生，其感知系统较为透明，没那么多传统的积淀，也少有古诗的风格化过滤，因此对新事物的感受反而来得更直接。

俗话说"人以群分"，但同中有异，或各各相异。到二十年代初，人们对火车已经习惯，随着安全感产生各种审美感知方式。如范烟桥的《车厢幻想》："凭窗观万物勇退，几忘车进之捷，风樯阵马，望尘莫及，不禁自傲得意。"寥寥数语勾画出一种传统文士的傲然与潇洒，笃定的自我隐喻对万变世态的老庄式观照，造成一种主客体反转，火车反成为被征服之物。这种通过"幻想"的语言构筑与邓方的诗异曲同工，传统文学的繁富储存被简约为公式化的美学表述："车侧玻窗，截取所过风物，仿佛一幅水彩画，有时疏柳乱鸦，如倪迂高古；有时远山丛树，如四王浓厚。即一抹湖光，漫天云气，亦为空明之致。"(《申报》1923 年 7 月 17 日) 作者好像在窗口挂了不少画，遮挡了窗外的景色，那也是给读者看的，从中欣赏"高古""浓厚"，有着作者的人格投影。与此相似，包天笑说在火车里"一面喝酒一面开窗看沿途乡村风景，真是写意之至，不想在火车中，也有'开轩面场圃，对酒话桑麻'

的孟浩然诗意呢"。这也是他的《衣食住行的百年变迁》里的一段话，被称为"通俗之王"的包天笑是日常生活的广大教主，这里也借孟浩然来衬托一种平淡的雅致。他和范烟桥都属旧派，和周瘦鹃都是苏州人，面对现代工业和科技还保持心理上的慢节奏，还要透过一层传统的薄纸显出他们的江南名士风度，只是在周瘦鹃身上表现得更为曲折些。

1920 年中华书局出版了王文濡主编的《新游记汇刊》，一套四册，蔚为大观。一开头先列一张"现行行政区域表"，以"京兆"为龙头，继之以 22 个行省及热河、绥远等特别区。这种全景式结构直接因袭了清初顾炎武的《天下郡国利病书》，但行政区域的划分由帝国变为民国。编者在序言里自豪问道："今之疆域非大于史公时乎？轮轨之络绎，交通之便利非又远过于史公时乎？"的确，"交通之便利"莫过于"轮轨之络绎"，而"轮轨"非火车莫属。在清末至民初三十年里铁路铺设日新月异，南北干线有京汉线、粤汉线，北方有京奉、京张、胶济、正太等线，南方有沪宁、沪杭、潮汕、漳厦、滇越等线，内陆有陇海、南浔、汴洛等线，东北有南满、旅顺、齐昂等线（金士宣、徐文述《中国铁路发展史》，中国铁道出版社，1986，页596—602），贯穿东西南北已达四十余条，全国网络初具规模，汇刊所选入的游记作于民国之后，按照新行政区域的地理位置一一对号入座。

王文濡说："本编辑选以便于旅行、切于实用为主，文之佳否次之。若侈言考据、泛叙风景、敷衍成篇者概不甄入。"强调"实用"这一点特别有意思，因为王文濡在清末编辑《香艳丛书》，民国之后又

《新游记汇刊》，中华书局，1924

115

创办《香艳杂志》，提倡国粹美文，推展抒情传统中为正统所不齿的男女私情的一路，感官描绘炫目刺心，尖新精微，不乏闺阁窥伺的男性狂想与女性自我的大胆展示，王文濡自己能做得一手四六美文。因此这部游记汇刊崇尚"实用"，把艺术标准放到次等，相对于"香艳"的唯美和纯情来说，在文学观念上是个逆转。

注重"实用"使《新游记汇刊》显出社会性与当代性。序言说："各省学校之视察，实业之调查，都人士之藉事以行者月数数觏，行必有记，资斧充裕，铅椠优游，类能于风俗醇驳、生产繁瘠、形势沿革上多所注意，而不徒恹恹焉屑屑焉，抽妍骋秘，为考据山川、铺张风景之作，此又文之有益于时者也。"这里所概括的内容正对应了火车当道的时代，那些"视察""调查"都离不开铁路运输，估计此时编者的脑洞已为火车所盘缠。

本来游记属于非虚构类，但如鲍照《登大雷岸与妹书》、柳宗元"永州八记"、苏轼《赤壁赋》、袁宏道《满井游记》等，表达个人抒怀、人生感叹，已是传诵不衰的经典名篇；至晚明流行园林小品，富于哲理与审美意趣。这些是代表了中国旅游文学正宗的，而《新游记汇刊》这么一讲"实用"，似乎赐予"游记"一个"新"起点，不过差不多就跟古典传统切断了，而游记差不多成了"报告文学"，这大概也是为"现代"付出的代价吧。

历史上只有像司马迁、顾炎武那样的超智绝伦之辈，能够游历名山大川，涉足穷土僻乡，完成万古绝响之业，为士人景仰不已，而现在坐在火车里就能咫尺千里，无远弗届，能去久闻其名梦魂系之的山海胜景，作数日游或朝赴夕返，这样人人都是司马迁、顾炎武，当然需要有时间和金钱。作为一种新的生产力和生产方式，火车改变了人的感知结构，也改变了文学生产方式。王文濡难做无米之炊，汇刊正反映了当时游记写作的真实形态、生产方式及他的观念变化。书中火车、轮船、马车、人力车乃至轿子各擅胜场，火车登不了黄山、游不了西湖、逛不了都市，但在游记文本中不是别的，正是大量有关记述火车的部分给游记带来轻快而沉重的现代气息，映照出早期中国的"铁道人生"，目击了时代与心理的急剧变化。

如果用一种鸟瞰式阅读，可看到旅游者在纵横交错的铁道线上来回奔忙，一些思维与行为方式在不断重复，尤其是关注铁路给地区经济带来的影响。如抚瑟的《青岛回顾记》："烟济相距仅七八百里，平常尚需十有余日，其难可知，所以烟台开埠多年，发达甚微，对于山东内地经济，无大影响，及胶济路成，十二小时即可直达便矣，于是商业渐去烟台而集青岛，鲁省商务，大生变化。"（卷10）这还比较简略，其他类似的记述回顾历史，分析地缘经济势力的升降变化，还提供一连串数据，而那些负有官方公务的游记，长篇大论像总结报告。大家在分享一种新的集体无意识，在提供个人的所见所闻来拼凑一张全景知识地图，借以增进对当下自己和国家的认识。

如果在受日人管辖的东三省旅行，就自然会产生民族屈辱感。像孟简平的《旅顺游记》所叙，他不会错过海水浴的景点，在沙滩上享受日照的快乐，然而说到他在十有八九是日人的车厢里，"一言一动，俱感被征服者之痛苦，辕下局促，忍吞声气而已"。回来后盘缠心头的却是埋葬战死中国人的"万人墓"和胜利者矗立的"记功塔"。如前面提过，自火车与铁道进入中国之始便产生民族尊严仇外心理与列强势力侵略之间的张力，这里不妨插入两幅较早的图画，以作注解可也。一幅是在1896年《点石斋画报》上，题为《天厌倭奴》，谓日本一列车由吉野经过神户时碰上山林崩塌，火车坠入海中死伤四百余人。评论说日本穷兵黩武，人神共愤，所以这场火车灾祸是老天报应以示惩警。另一幅1907年天津《人镜画报》上《以热济热》之图，说北京东便门外有一座铁桥，夏天里桥下常有游船避暑，却有列车经过时故意停在桥上，朝桥下的船只浇灌热水，有人躲避不及而被烫得哇哇叫，司机人员则大笑不止。评论道："火车之欺压商民，已见于各报者，几至秃尽千毫。而此番举动，犹是小小之作剧耳，又

天厌倭奴,《点石斋画报》,1896

以热济热,《人镜画报》,1907

何足道。虽然，吾国人倚势作威之惯技，亦可略见一斑。"这里讽刺国人"倚势作威"欺负自己人，可叹。

公务机关、学校，包括私人，组团是常见的旅行方式，张梅盦的《金陵一周记》有代表性。1914 年秋他组织了学校旅行团，由南通赴南京参加省立学校联合运动会。前言里说他十年来对六朝金粉、秦淮灯影魂思梦想，不过日记里虽有背诵几句古诗缅怀历史的段子，印象深刻的却是描绘火车穿越隧道的震惊经验："汽笛一声，风驰电逐，窗外树木旋转如飞，模糊不可逼视；忽轰隆有声，暗黑无睹，众皆失色惊呼，一瞬间则又万象昭然，明朗如故矣。同学某君告我以穴城而过之故。"其实只是穿过一隧道，却活脱尝鲜兴奋的情态。还有在游观明孝陵时，为民国捐躯的革命士兵们唏嘘凭吊："嗟乎！白杨黄土，人招野外之魂；清冢荒山，日落江南之路。腥风血雨，原草不生；怨魄幽灵，泪碑犹湿。沧桑人事，痛后思惟，凭吊唏嘘，盖亦是怆然动情矣。"（卷 17）

铁道本身成为旅途中倾注酸甜苦辣爱国和民族情怀的对

象。1912 年苏莘的《居庸游记》描写京张线逶迤于峻岭绝壁之间，对于铁道工程之伟大一再致意，叙及当初为修建铁路而备尝艰辛，"原测居庸关一带，拟筑石桥，跨山飞渡，因斜度过陡，始改工凿洞。又石佛寺一段，若直行趋向过八达岭，须凿洞六千余尺，遂东北斜行就青龙镇设站，再西北踰八达岭，洞只三千五百八十尺，工巧费省，欧美游人咸叹为绝技"（卷 5）。当然这归功于詹天佑的神机妙算了。夏荆峰乘夏天假期出游，其《山西旅行记》分道路、山脉河流、物产、名胜古迹等分别叙述，像一篇考察报告。像上面孙之桢一样也搭乘从石家庄到太原的正太线："沿绵河而西，横断太行，蛇行万山中，曲者若环。过山洞十有九，外此则两山夹峙，若行巷中。铁轨甚窄，车亦小，每次开车仅带七八辆，多则曲不能行。每日客车一次甚拥挤，货车至三十余次。查票者用中西两人，以防私弊。闻赎路之款，付已过半，而全权仍归法人。"（卷 16）正太铁道于 1907 年由法人建造，后来通过赎买而收归国有。这里说赎款没有付足，路权仍在法人手里，而

这条线路常遇水灾，收入不足，所以检票特严。像这类有关
铁道的掌故有不少，涉及不平等权力关系而感触良深。如抚
瑟的《青岛回顾记》记载了某日铁道旁看到的一幕：一个小
孩扔了颗石子在轨道中，德国人把他抓住，"头目倒悬，大步

端方命令将卫生局的狗运往山海关外散放，《图画日报》，1909

如飞，提之而去"。作者为此愤慨不已。

　　王文濡的序言还提到光绪年间王寿萱编辑的《小方壶斋舆地丛钞》："为帙十二，为言数百万，诚洋洋大观矣，而献媚贡谀，歌功颂德之篇，乃居十之三四，盖犹不脱专制时代之臭味焉。"由是透露出王氏作为南社成员反对专制的政治立场，也意味着这部游记选的民主价值。总体上它具体而实在，即使是正儿八经的调查报告也看不到歌德腔，如上述例子所示，它展示出一种新的"国民"主体，在新的世界形势中处处显出民族、国家或社群意识；伴随着新的旅游方式，民主与理性在生长。火车加速了人员与物产的流动、地区经济的发展，如国家派遣专员去各地视察、学校参加省级运动会等也可见社会组织、文化运动和国家机器的现代化步伐。是的，游记见证着"想象共同体"的成形过程，而分享和流通获得了新的意义。这里不惮冗长，再录一段平凡又特别的陈仪兰女士的《西泠游记》：

余生小不出妆阁，虽梧岗松岭，近在咫尺，从未一涉足。及后稍稍读游记，存神默想，山川之奇伟，江海之壮阔，必有可观者，苦又无缘得至。世局递变，乃得求学四方，心思既广，而好游之念益切。窃谓太史公之文章千古，谓非涉足名山大川之所致耶？……最近如东人之分道出发，贯穿十数行省，呜呼！是何心也！宜其一有违言，战端既开，吾人所不能辨之途径，而外人履若户庭，然则游历之功，学术之乎哉，于国家且有直接之关系，诸姑姊妹其亦知所切要耶。（卷24）

古时黄粱一梦，历尽世变沧桑，醒来老米饭还未煮熟。像陈女士那样在二十世纪的一个早晨醒来，曾几何时，能如太史公亲历梦中的名山大川，却赋予"游历"与国族前途相关的新使命，游记也被重新定义。《西泠游记》记述了她和几个姊妹淘出游，最后摊了一本经济账："约计此次赴杭八日，往来川资约十四元，住寓之费约十元，乘舆之费约十元，湖船三日之费约二元，零用饮食之费约十一元，约略所费，得四十八元，人各所费，仅十二元而已，乘兴而往，乘兴而归矣。"在社会上妇女职业正步履艰难之时，对她们来说旅行是

半园女学生旅行，《图画日报》，1909

件奢侈品，因此必须精打细算。

对于现代人来说，旅行是一种计划，受制于时间和金钱。凑空挡、排日程、赶车次，算时间，还得算钱，其实数字是这部游记一大特色，不光是火车票，搭小火轮、叫人力车、轿子，随口报价是家常便饭。还有对地方经济状况的考察，各种统计数字巨细无遗，精于量计，正是现代人性格的体现。

事实上人们没多少闲暇，尽管大多游记作者属于中等阶层。如蒋维乔的《五台山纪游》，实际上他是奉教育部之命视察山西教务，钻个空子去游了五台山。京张铁路的员工即使近水楼台，也要挑个休息日子结伴而行。学生或教员要等到假期，由是便利的交通把旅游切割成景点，走马观花在所难免。人们在

王文濡

体制中忙碌奔波，某种意义上不由自主地追随着文明的铁轮，卷入现代化规训的轨道中。

《新游记汇刊》中的旅行，通常情况下水路交通缺一不

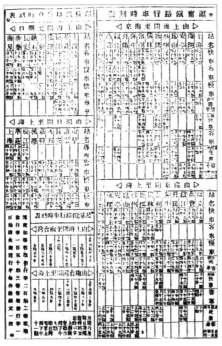

火车时刻表，《申报》，1910

可，特别江浙一带如镇江金焦北固三山、姑苏灵岩山、邓尉山，或钱塘观潮等，在那里游山玩水较多使用小火轮，另有一番光景，有些地方可能更有趣。这里讲"铁道人生"，就此打住，不过须补充的是，王文濡也叫王均卿，

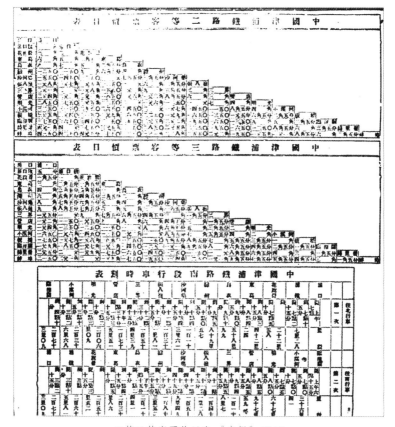

二等三等客票价目表,《申报》,1910

《香艳杂志》创刊号上有他不惊尊容：马脸、扒牙，细缝眼带点媚气，头戴瓜皮帽，穿排扣袍子，高领及耳，在当时算时髦样式。办杂志不能以貌取，《香艳杂志》内容丰富，这里举个例子。如《专爱丑妇人之怪癖诗人》这一则，所介绍的"怪癖诗人"正是大名鼎鼎的法国象征主义诗人波特莱尔（Charles Baudelaire，译为"抱特来露"），说他在街头"遇黑奴妇人或侏儒若残废，辄尾随之，必与之通情愫乃已"（《香艳杂志》4期），一般认为国人知道波特莱尔始于二十年代周作人等人的介绍，并不确切。

其时新文化运动大张旗鼓，王氏的"实用"游记观不一定跟胡适的"实用主义"扯上关系。胡适把"文言"判为"死文学"，而《新游记汇刊》全是文言，其"国民"主体表现相当现代，因此不能单看文言或白话的外貌来决定思想与文学的价值。从游记与火车这方面来看，尽管民初政坛和北洋政府令人失望，但"共和"精神仍在，就像这些游记无甚高调宏论，却孕生灌注着民主与理性的嫩芽，在外来科技和资本的冲击之下努力从事改良、调适、挪用和发展，踏实推进中国现代化。

在思想文化方面近现代中国出现过两次"震惊"效果。一次是甲午之战，严复发表了《原强》等五篇文章，激进主义已见端倪。第二次是"五四"，在袁世凯、张勋的刺激下，搭上"十月革命"的快车，激进主义一发不可收，那种历史必然进步的乌托邦幻象至今徘徊，带着天真的魅力。

《风景》与"无轨列车"

1928年9月上海滩上多了一本杂志,名为《无轨列车》。同月第二期刊登了短篇小说《风景》,作者刘呐鸥,杂志也是他主办的。小说讲了个火车上艳遇的故事,女主人公是有夫罗敷而红杏出墙,与杂志名称跳起了探戈。

二三十年前刘呐鸥

《无轨列车》封面,1928

133

刘呐鸥《持摄影机的男人》，1933

被盗墓出土于文学史，却咻地窜上星空，在银河系里光彩夺目，带着异样的璀璨。不幸他的生命悲惨，因卷入残酷血腥的政治漩涡在 1940 年不明不白遭到暗杀，仅 35 岁，像彗星划过乱世城堞。他被冠之以"新感觉派"，与戴望舒、施蛰存、穆时英齐名。小说集命名为"都市风景线"，不啻是上海文学的一张名片。他以小说里运用"蒙太奇"手法与主张"软性电影"见称，在文字与影像、先锋与娱乐之间的"啼"点至今魅力无穷。

　　"人们是坐在速度的上面的。原野飞过了。小河飞过了。茅舍、石桥、柳树，一切的风景都只在眼膜中占了片刻的存在就消灭了。"《风景》这么开头，描写男主角燃青坐在火车中风景从他眼前逝去，然而第一句是独立的，把"速度"抽象出来作为"人们"的普遍经验，而"坐在"则富于惊险遐想的诗

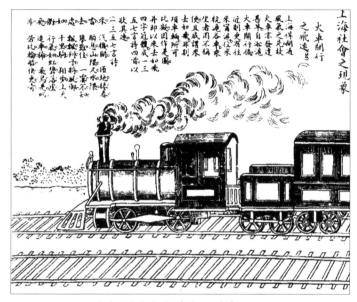

火车开行之飞速,《图画日报》, 1909

意。我们已经谈过铁道上转瞬即逝的景象对于感知方式所造成的冲击,而这里的问题是,对于一般都市人"速度"意味着什么? 1903 年德国社会学家席美尔(Georg Simmel)的《大都会与精神生活》一文曰:

疾速变化与簇拥而至的视像、一瞥之下刺眼的断裂性，以及不期而至的汹涌印象：这一切构成了大都会所创造的心理机制。每一次的穿街走巷，经济、职业与社会生活的速率和多样性，城市在精神生活的感官基础方面与小镇和乡村生活形成了鲜明的对照。……大都会显示出自身乃是一种巨大的历史构形，其间生活中彼此对立的走向得以铺展，并以同样的正当性互相交融。……我们的职责不是谴责或原谅，而只能是试着去理解。(*The Sociology of Georg Simmel*. New York: Free Press, 1950. p. 410.)

这段话非常有名，后来本雅明结合波特莱尔有关"稍纵即逝、机缘遭际"的"现代性"理论加以阐发。这方面老友孙绍谊有深入研究，上面这段引文也是从他那里借过来的。从席美尔说的"我们的职责不是谴责或原谅，而只能是试着去理解"这句话看，当时有不少人对"震惊"现象不理解，中国的情况也一样，像周瘦鹃、包天笑等抵触或美化震惊效应，其实并未理解"速度"的意涵。这方面新文学家也半斤八两，如对电影的集体盲见，像周作人、郁达夫等人的作品里坐船更为顺心惬意，某种意义上都属于维多利亚时代的感知模式。

理解这一点对于欧洲现代主义的兴起及其中国扣联颇为关键。1909 年马里奈蒂（F. T. Marinetti）在"未来主义宣言"中彻底告别理性与艺术传统，拥抱机器动力、都市噪音、快速和荒诞，嗣后立体主义、达达主义、表现主义等现代主义运动狂飙迭起，无不追求创新震惊效果，主体的迷狂状态导致具象变为抽象的艺术表现，蕴含着对资本主义与韦伯式现代性的疏离或批判，同时自我裂变或消解也意味着理性主体的死亡。有学者提出中国美术至三十年代初庞薰琹、倪贻德等人的决澜社出现方标志着现代主义的兴起，乃着眼于具象与非具象表现上的区别而言。

刘呐鸥声称："现代生活是时时刻刻在速度着"，"现代人的精神是饥饿着速度、行动与冲动的。"(《现代电影》1卷6期，1933年12月)"文艺是时代的反映，好的作品总要把时代的色彩和空气描出来的。"(《刘呐鸥全集·文学集》，页229)比较穆时英、戴望舒等人，刘呐鸥似乎更得到现代主义的真传，却也转益多师，受日本"新感觉派"和苏俄"前卫"艺术的影响，也直接接通欧洲的源头活水，如这篇《风景》提到"德兰的画布"和"德国表现派的画"。德兰(André Derain)是法国画家，与马蒂斯等人掀起"野兽主义"(Fauvism)运动；在绘画方面德国表现派(German Expressionism)包括康定斯基、克利等人，而野兽派与表现派前后呼应，都代表二十年代欧洲现代主义的劲旅。

任何外来观念和制度的移植必须适应本土文化传统与社会现实，对于刘呐鸥也不例外。《风景》处处显示新感觉派的母题与品味，首先映入眼帘是一个"近代都会的所产"的女人，她的"男孩式的断发"、"丰腻的曲线"、"欧化的痕迹"、"响亮的金属声音"、"高价的丝袜"，投手举足无一不是"标

德兰《干燥的帆船》，1905

致的都会"的镜像投影。字里行间织入色香味的感官指符，
而"强烈的巴西珈琲的番味"、"阿摩尼亚"、"NO.4711 的香
味"、"气体的 cocktail"等，尤其诉诸异国色彩的刺激性气味。

把火车车厢看作社会的缩影并不新奇，早在陈蝶仙的
《新酒痕》就有所表现。《风景》中也不乏新婚夫妻、八字胡

子的军官们和胖子商人的众生相，叙事中也略含讽嘲，但刘呐鸥在刻意营造一种"时代"尖端的气氛，不光通过代表"标致的都会"的商品高消费，更注重世界文化的"前卫"特征。燃青手中的当天报纸这一细节不只起消磨时间的功能，报纸内容除了"裁兵问题、胡汉民的时局观、比国的富豪的惨死"，还拖着"革命的 talkie 影片"。约一年之前好莱坞第一部有声电影 *Jazz Singer*（爵士歌手）成功公映，意味着默片时代行将结束，这与"德兰""德国表现派"及"jazz 的快调"在艺术领域里都富于"革命"的意义。

这趟"列车"高速

《爵士歌手》, 1927

行进在"时代"轨道上，前景一派光明，然而刘呐鸥把杂志取名为"无轨列车"却耐人咀嚼。无疑这是对于"速度"的想象，铁道是一种限制，但是火车不是飞机，也不是电车，没有轨道更像是出轨，即危险，甚至毁灭。如果把"无轨列车"当作理想速度的比喻，那么在艺术上意为没有成规，八面出风，驶向无限的可能性。的确刘呐鸥的"无轨列车"充满探索的冒险，不管朝天堂还是地狱，象征着"前卫"艺术的性格，而《风景》似是一场"无轨"的游戏，在伦理、哲理与美学的风景线上。

艳遇起始于错位。当女郎开始和燃青说话，他发觉占错了人家的位子，于是换到对面空位上。火车小说里坐错位子是作家爱用的"哏"，引人发噱，但这里则造成风景倒序和视觉的逆向效应："这一次，风景却是逆行了，从背后飞将过来，从前面飞了过去。"在游记或小说里我们见到铁路景色的描写，方向都是从眼前朝后逝去，而这里错位的结果在这篇小说与"无轨列车"的文脉里，则是对"速度"的一种切割，对文学类型与习惯思维的一次逆转。所谓"蒙太奇"手法是并置剪辑，而这个风景倒置则属于错置和乱序的剪辑，含有对"速度"的哲理反思。事实上这是个"无厘头"的象征姿态，此后整个叙事运动出现接二连三的错位和出轨，不断挑逗和颠覆读者的期盼。

燃青是报社记者，出差去新都采集某重要会议的信息，而不知姓名的"她"跟燃青说她是某大机关里的办事员，搭车去和在沿铁路的某县城里当长官的丈夫共度周末。两人邂逅会发生什么？不消说读者不希望什么都没发生。从好的方面想，由好感擦出火花，如周瘦鹃翻译的《在车中》，通过戏剧性的峰回路转，男女后来继续拍拖而修成正果。坏的方面像张恨水《平沪通车》中发生一夜情，结果男的发觉受骗上当，女的窃走了他的钱包，但两人必须走夜车，在同一个睡房才有可能。但是出人意表的是，燃青和她两人中途下车，在浓情蜜意浸透的初秋日光里度过一个下午，做了一场巫山云雨的白日梦，傍晚时双双又上火车各奔东西。

这或许说不上是爱情，速度快得惊人。正逢乱序崩裂的时代，北伐革命在高歌猛进，与性解放齐头并进，苏联式"杯水主义"和张竞生"性学"在青年中间大为流行——也是另一种革命。从读者层面看这样的小说，职场白领、小资青年会喜欢，其中钩男撩女的段子对于今天"小时代"里的红男绿女也是不二法门，尽管它会被当作一餐便当过后即忘；中产阶级的男人皱眉头，会联想到自己的老婆；习惯看旧小说的觉得吃勿消，左翼作家觉得忒卖弄技巧，和日益上紧的阶级斗争格格不入。

刘呐鸥出身于台南的名门世家，1927 年来到上海。正当文学遭受民国以来尚未有过的暴力扫荡和精神动员，新的国民政府推行"党治"，对新闻出版加强统制，政治异见者被无情镇压；各种知识力量重新组合，左右划线。另一方面北伐革命反帝反军阀，也反缠足反束胸，由是女子剪发、讲究曲线美等追求身体自由，在解放之道上迅跑。像《风景》里的女主角形象并非空穴来风，也不单是商品社会的产物。动乱与死亡中迸现挣扎的呼号、创造的火花、自由的意志，文学与影视领域中打破了维多利亚和好莱坞的一统天下，苏联、德国电影与法国、日本的新进文艺思潮纷至沓来，"摩登"或"现代"观念真正登陆，如李欧梵先生所说，上海成为"世界主义"的风云舞台。

彭小妍形容刘呐鸥是个"浪荡子"，其实骨子里是个有想法的文艺青年，审美触角特别敏锐。站在东方巴黎的通衢大道上，种种景象令他神迷目眩，百货商店橱窗的琳琅满目、影宫银幕的展靥巧笑、鸳鸯蝴蝶、名花美人，凡是给都市倾注活力创意的一切都令他心醉。眼前奔驰飞舞的画面与他脑际现代主义的波涛与原野汇成一片，形成"速度""机械""节奏"等概念，转化为表现"时代的色彩和空气"的点、线和色块。照他的话："把文字丢了一边，拿光线和阴影，直线和角度，立体和运动来在诗的世界飞翔，这是前世纪的诗人所预想不到的。这是建在光学和几何学上的视觉的诗，影戏艺术家是否有占将来的大诗人的地位的可能性的。"（康来新、许蓁蓁合编:《刘呐鸥全集·电影集》,页247—248)由此可见他的不凡襟怀,所谓"在诗的世界飞翔",含超越层面。刘呐鸥爱美、崇尚前卫的"绝对"形式,同时受苏俄左翼思潮影响,痛恨资本主义与都市的罪恶。他出资办

刘呐鸥《都市风景线》封面,1928

"第一线书店",不久遭当局关闭,罪名是"藉无产阶级文学,宣传阶级斗争,鼓吹共产主义"。后来刘又办"水沫书店",出版过鲁迅翻译的苏联马克思主义文艺理论著作。

　　回到《风景》,两人下车,到旅馆开了个房间,一进门她

康定斯基《黑色与紫罗兰》，1923

就给了燃青一个热吻，对他说："我从头就爱了你了。"接下来，读者会猜想，如我们看到无数好莱坞影片里的，无不欲火焚身上床打滚。这方面最近的 007 系列《幽灵党》里大玩特玩观众的床戏期待。一开始在墨西哥城，邦德和女伴进了旅馆房间，热吻之后女的上了床，邦德却把她撂下独个儿跳出露台，惊天动地大开杀戒。第二次潜入新寡露西娅（惜乎徐娘半老莫妮卡)的香闺,五分钟里和她速战速决。第三次救出马德琳之后爱情戏才正式开场,两人来到摩洛哥一家旅馆,一般会猜英雄救美,美人投怀送抱的老套;妹子也喝了红酒,却说困了没心情,邦德乖乖听命坐在一边作保安。最后在北非火车里两人与追踪他们的彪悍杀手展开一场殊死搏斗,终于结果了杀手,两人遂如干柴烈火地拥吻,使战斗友情升华到爱的九重天。像其他邦德片一样,以惊悚侦探为主,床戏是香艳而不淫的浇头,一路上穿越天涯海角全景式世界进行追杀和反追杀,情场风云、英雄本色与文明命运跌宕起伏,观众照样被懵得头头转。

再回到《风景》,给燃青一吻之后又出人意表。不在屋里动刀动枪,女的反而带他出了旅馆,一前一后颠颠簸簸走上一个小山丘,双双脱光衣服以裸身回报自然的光宠,满足燃烧的欲念。这篇小说如珠落玉盘,列车无轨横生意趣。然而在一系列的错置与乱序中,最有争议而值得探讨的是男女性别的角色错位。

显然由于燃青的凝视而不快，在他"耳边来了一阵响亮的金属声音：'我有什么好看呢，先生？'"尽管她"微笑"着，金属声含着尖锐，"燃青稍为吓了一下"。这发生在他坐到自己位子上之后，倒置的风景再一次切换到眼前，的确他被这位"标致的都会人"迷惑了，遂不自觉其细腻打量的不礼貌。在此后的浪漫旅程中，两人的对白不乏当时为上海人热捧的刘别谦电影里绅士和淑女之间的调情，却不断闪烁思想的机锋，燃青一再因为"她的眼光的压迫"而感到"惊愕"，或听到叫他脱光衣服而"吓了一惊"，她始终在主动进击，施展速度的冲击力，燃青只能亦步亦趋。

有批评者指出刘呐鸥笔下是女性形象被客体化，由时尚包装的诱人胴体代表都市物质享受，借以满足男性读者的窥视欲。确实另在《游戏》《流》《热情之骨》等篇里都有漂亮又时髦的女性形象，她们随便对待男女关系，男子无不俯首听命，不过我们最好个别对待。如《流》中的晓瑛与镜秋睡了一夜，第二天镜秋找到晓瑛，她不理不睬，"神气似乎要说，你以为我爱上了你吗？前晚上那是一时的闲散，工作正多呢，哪里有工夫爱你"（《刘呐鸥全集·文学集》，页81）。晓瑛正忙着和女工们组织示威运动，与其他刘氏小说里的女主角都不同。

或许我们会说《风景》里的"她"连姓名都没有，分明是客体化表征。但是从抽象角度这代表了某种普世的女性，含理想化，而整个小说里她的言语动作都生动具体。先看燃青的凝视中，除了她"男孩式的断发和那欧化的痕迹显明的短裾的衣衫"的外观，也有对于娇小肢体、丰腻曲线、肌肉弹力及神经质嘴唇的属于男性的欲望窥视，"然而她那个理智的直线的鼻子和那对敏活而不容易受惊的眼睛却就是都会里也是不易找到的"。说明她有理智有自信，属于超乎都市物质文化的另类。当她坦率告诉燃青她和丈夫的事情，"对于她这不藏不蔽的小孩气，燃青不但不觉得好笑，而反生起了敬畏和亲爱的心"。燃青能赞赏她的烂漫天真，说明他自己也存有赤子之心的一面，而他的评判则凸显出她与世俗世故之间的距离，其实是作者站在某种俯瞰都市文化的高度给这对男女注入了和社会的疏离与张力。更须注意的是："她却什么都说了。自由和大胆的表现像是她的天性，她像是把几世纪来被压迫在男性底下的女性的年深月久的积愤装在她口里和动作上的。"这里显示某种男性的自我反思的立场，而她的"天性"被赋予一种历史深度，俨然是妇女解放的代表。

说到她的为官的丈夫喜欢举止优美、富于刺激性感的都会女人，她说："他是文化的赞美者，但是我的意见却有些不同。我想一切都会的东西是不健全的。人们只学着野蛮人赤裸裸地把真实的感情流露出来的时候，才能够得到真实的快乐。"燃青表示："你的意见真不错。但是，有时候像你这样标致的都会人也是很使人们醉倒的。不瞒你说，我自看见了你的瞬间，我这颗喘吁吁的心脏已经就在你的掌握中了。"对白渐入佳境，愈加精彩，愈加契合，果然我们直接听到她的带有哲理的心声，由是揭示了"文化"、"都会"与"野蛮"即自然之间的张力。

列车载着这一张力驶入他们内心的隧道,风景再度错置而显出这篇小说无轨与出轨的主旨,终于引向散文诗般对自然和自由的礼赞。

一至山丘她就觉得衣服是累赘,"就把身上的衣服脱得精光,只留着一件极薄的纱肉衣",也催促燃青:

> 看什么?若不是尊重了你这绅士我早已把自然的美衣穿起来了。你也快把那机械般的衣服脱下来吧!

燃青又受了惊吓,却如灵光闪现顿受启悟:"他再想,不但这衣服是机械似的,就是我们住的家屋也变成机械了。直线和角度构成的一切的建筑和器具,装电线,通水管,暖气管,瓦斯管,屋上又要方棚,人们不是住在机械的中央吗?今天,在这样的地方可算是脱离了机械的束缚,回到自然的家里来的了。""机械""直线""角度"等正是刘呐鸥平日所信

奉的现代主义的灵符魔咒，在这里给自己幽了一默，却具反
思的色彩——无轨列车完成又一次逆袭。

正当燃青"勃然"而流着"原始的热火"时，最后一段
对白：

> 你对云讲着什么话？
>
> 我正想着你这身体跟你的思想正像那片红云一
> 样，自由自在，无拘无束。
>
> 真的吗？那么我就要使它无拘无束伸展出来了。

这是我读过最为美妙的有关性爱的文字之一。令人想起
波特莱尔的散文诗里那个"奇异的陌生人"："我爱云……飘
逝的云……那边……美妙的云！"这一对话性互文不会是巧
合。这个"陌生人"爱云胜过亲友和祖国，痛恨上帝和金钱；
他全心爱美，爱女神不朽的美（Charles Baudelaire，*Œuvres
complètes*，Paris：Gallimard，1975，p.277）。波氏将这篇《陌

生人》置于其散文诗集《忧郁的巴黎》之首，无异于诗人的自我告白，而所有现代主义者奉之为圣经。

　　小说这样结尾："这天傍晚，车站的站长看见了他早上看过的一对男女走进上行的列车去——一个是要替报社去得议会的知识，一个是要去陪她的丈夫过个空闲的 week-end。" 讽嘲的口吻让作者不无吊诡地做回了自己，所有的反叛似乎是"一场游戏一场梦"，而其中的启示让人回味。

"上海特别快"的"狐步舞"

　　三十年代初的上海都市风景在穆时英的《上海的狐步舞》中表现得极为浓缩恣肆，精湛演绎了席美尔的《大都会与精神生活》里"疾速变化与簇拥而至的视像、一瞥之下刺眼的断裂性，以及不期而至的汹涌印象"。无怪乎穆氏被贴上"新感觉派的圣手"的标签，在这一短篇小说里活色

穆时英

生香的感官经验、令人晕眩的商品与娱乐世界、蒙太奇的剪辑拼贴与字里行间触目即是的外文镶嵌，充分展览了该派文学的特点。然而小说以"上海，造在地狱上面的天堂！"这一句撞目开场，也以此收煞，沉重的意涵与"上海的狐步舞"的玩乐标题形成反讽和反差。

"狐步舞"是一种与华尔兹舞相似的双人舞，爵士乐中舞步有徐有疾，节拍较快，难度较高，传说 1914 年由美国人哈利·福克斯（Harry Fox）创立，因此名为 Foxtrot。此后在美国流行，至三十年代而大盛。《上海的狐步舞》以一场惊悚片式的凶杀开始：在月光下原野、树木和村庄的背景里"铁轨画着弧线，沿着天空直伸到那边儿的水平线下去"。随即出现了"三个穿黑绸长褂，外面罩着黑大褂"的黑道人物，互相没几句交话便拔枪射杀，在"救命"声里：

　　嘟的吼了一声儿，一道弧灯的光从水平线底下伸了出来。铁轨隆隆地响着，铁轨上的枕木像蜈蚣

似地在光线里向前爬去，电杆木显了出来，马上又
隐没在黑暗里边，一列"上海特别快"突着肚子，达
达达，用着狐步舞的拍，含着颗夜明珠，龙似地跑
了过去，绕着那条弧线。又张着嘴吼了一声儿，一
道黑烟直拖到尾巴
那儿，弧灯的光线钻
到地平线下，一会儿
便不见了。

狐步舞的节拍由
一列"上海特别快"引
领，而火车和铁道作为
工业社会的生产和消费
方式，也是"造在地狱
上面的天堂"的动力，
而在穆时英那里则转化

约瑟夫·冯·史登堡
《上海特快车》，1932

穆时英《上海的狐步舞》,《现代》, 1932

为一种"狐步"诗学。1932 年好莱坞出品的《上海特快车》（*Shanghai Express*）一片以中国军阀内战为背景，玛琳·黛德丽（Marlene Dietrich）在北平至上海途中香艳而惊险地上演了一出美人救英雄的绝妙好戏。《上海的狐步舞》是未完成小说《上海一九三一》的"一个断片"，1932 年 11 月发表在施蛰存主编的《现代》杂志上。穆时英自述这"只是一种技巧上的试验和锻炼"(《穆时英小说全编》,学林出版社,1997,页 613—615),显然更在乎"技巧",致力于形式的创新。"狐步舞"是个节奏的比喻,小说并无一以贯之的故事线,人物众多,却给人一气呵成结构完整之感,多半借鉴了电影表现"节奏"的"技巧"。

1929 年苏联前卫导演吉加·维尔托夫(Dziga Vertov)的纪录片《携着摄影机的人》(*Man with a Movie Camera*)一片问世,拍摄了黎明中城市的人生百态。刘呐鸥热情介绍该片所体现的维氏"影戏眼"理论:"具有快速性、显微镜性和其他一切科学的特性和能力的一个比人们的肉眼更完全的眼的。它有一种形而上的性能,能够钻入壳里透视一切微隐。一切现象均得被它解体、分析、解释,而重新组成一个与主题有关系的作品,所以要表现一个'人生'并用不到表演者,只用一只开麦拉把'人生'的断片用适当的方法拉来便够了。"并说:"它的愿望是在表现一整个的'人生'一个都市的聚团生活。……它都用一种那么亲密的感情,那么圆滑

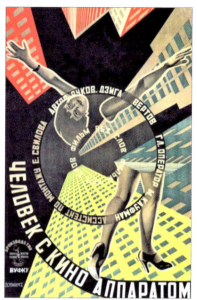

吉加·维尔托夫《持摄影机的人》, 1929

《持摄影机的人》中蒙太奇画面

的调和描在一个全体的节奏里。"(《刘呐鸥全集·电影集》,页267—268)《上海的狐步舞》也可作如是观,它是"一个断片",与刘呐鸥"'人生'的断片"的用法一样,是个电影用语,含取镜拍摄剪辑之意。与《携着摄影机的人》不同,穆时英表现了上海夜未央;前者运用了诸如二次曝光、快镜、慢镜、定格、蒙太奇、跳切、倒转、跟踪拍摄等技巧,大多在后者都可找到,然而在穆氏文本中更与文学技巧如重复与变调、并置与对比、反讽语调与拟人化修辞等融合贯通,把人和物、时间与空间具象抽象地表现在"一个全体的节奏里"。

"上海,造在地狱上面的天堂!"之后是"沪西,大月亮爬在天边,照着大原野……"标明地点后直现画面,"大月亮"的特写镜头之后移向原野、树影和村庄,沿着弧线的铁轨一直延伸到水平线下。另起一行"林肯路"亮出路牌,紧跟一句"在这儿,道德给践在脚下,罪恶给高高地捧在脑袋上面",被置于括号里如画外音。这句话与"地狱"、"天堂"对应,对"林肯"所含的自由民主的价值有反讽意味,不光对小说的主题，也是对另类艺术手法的一种提示。接着三个黑帮分子"穿黑绸长褂，外面罩着黑大褂"，面孔给"呢帽"遮住，上演了枪杀一幕。这种黑帮类型常见于电影中，其实《上海的狐步舞》中的人物大多是脸谱化的，说明穆时英在这方面宁肯走通俗路线，由是给这个前卫作品带来些许本土特色。

小说叙事沿着夜间到天亮行进，继铁轨旁枪杀之后写了刘有德的洋房里他的少妻与儿子向他要钱、妻儿在汽车中的不伦之恋以及两人在跳舞场上，叙事基本连贯，犹如狐步舞舒徐的慢拍，然后步调急速切换一系列不同的人物与场景——从街上、打桩工地、刘有德在华东饭店、作家在胡同里，到最后酒醉水手跟跄于江边酒排，以洋房、夜总会、饭店为主要场景，哈哈镜般映现多种交叉空间与各色人物流动，展示腐败、扭曲、荒唐、道德沦丧的浮世都市，也折射出乱世政治与现代主义艺术的尖锐冲突。像其他新感觉派作家一样对交通器具别具会心，在《上海的狐步舞》中汽车、电车、脚踏车和黄包车也应有尽有，在月光霓虹灯弧灯之下穿梭不息，把大街小巷串连成流动不息的网络，给歌舞沸天的夜生活加快脉动感。

车辆与人物、空间一样，各具身份及其经济属性，叙事不断重复与对比它们之间的等级与差异。汽车通过铁路附近的交通门，把刘有德送回"别墅式的小洋房"，在"叭叭的拉着喇叭"声里，不无揶揄地"刘有德先生的西瓜皮帽上的珊

汽车与黄包车，《中国大观图画年鉴》，1930

瑚结子从车门里探了出来，黑毛葛背心上两只小口袋里挂着的金表链上面的几个小金镑钉当地笑着，把他送出车外，送到这屋子里"。由汽车陪衬的拜金身份带有土豪的脸谱化描写。当他的"年龄上是他的媳妇，在法律上是他的妻子的夫人"与他的 Gigolo 男鸭式儿子·在汽车里卿卿我我地调着情而驶向夜总会途中，"汽车前显出个人的影子，喇叭吼了一声儿，那人回过脑袋来一瞧，就从车轮前溜到行人道上去了"。

夜总会门前，"两溜黄包车停在街旁，拉车的分班站着，中间留了一道门灯光照着的路，争着'Ricksha?'奥斯汀孩车，爱山克水，福特，别克跑车，别克小九，八汽缸，六汽缸……"不同牌号的汽车如蒙太奇并置镜头，与黄包车形成对比。在豪华汽车世界里坐黄包车显得寒碜，当"电车当当地驶进布满了大减价的广告旗和招牌的危险地带去，脚踏车挤在电车的旁边瞧着也可怜。坐在黄包车上的水兵挤簇着醉眼，瞄准了拉车的屁股踹了一脚便哈哈地笑了"，脚踏车在电车旁边"可怜"，没有汽车坐的水兵也是这样，然而对待拉车的却露出可恶的殖民者嘴脸。这情景重复出现在最后:"街上,巡捕也没有了,那么静,像个死了的城市。水手的皮鞋搁到拉车的脊梁盖儿上面,哑嗓子在大建筑物的墙上响着:啦得儿……啦得——"

进入舞池这一段表现嘈杂气氛和布尔乔亚的忘情享受,在描摹舞步节奏上尽炫技之能事:

蔚蓝的黄昏笼罩着全场,一只 Saxophone 正伸长了脖子,张着大嘴,呜呜地冲着他们嚷,当中那片光滑的地板上,飘动的裙子,飘动的袍角,精致的鞋跟,鞋跟,鞋跟,鞋跟,鞋跟。蓬松的头发和男子的脸。男子衬衫的白领和女子的笑脸。伸着的胳膊,翡翠坠子拖到肩上,整齐的圆桌子的队伍,椅子却是零乱的。暗角上站着白衣侍者。酒味,香水味,英腿蛋的气味,烟味……独身者坐在角隅里拿黑咖啡刺激着自家儿的神经。舞着:华尔兹的旋律

绕着他们的腿，他们的脚站在华尔兹旋律上飘飘
地，飘飘地。

继"飘动的裙子，飘动的袍角"的慢调之后徒然节奏加
快，"精致的鞋跟，鞋跟，鞋跟，鞋跟，鞋跟"在急速敲击着地
面。"旋律上飘飘地，飘飘地"的华尔兹旋律中儿子与母亲、
冒充法国绅士的比利时珠宝掮客和电影明星殷芙蓉皆飘飘
然，互相周旋、送笑飞吻。这一段在结构上精心营造，在重
复"舞着：华尔兹的旋律绕着他们的腿，他们的脚站在华尔
兹旋律上飘飘地，飘飘地"之后，这些人仍在嬉戏调笑，又重
现上面引的一段，却从末句"独身者坐在角隅里拿黑咖啡刺
激着自家儿的神经"开始，逐句逐句倒序重复，到首句"蔚蓝
的黄昏笼罩着全场"为止。原来中国古典有"回文诗"，字字
顺读倒读都可，电影有"倒片"特技，但不成意义，而这里则
属具文学新形式，为的是加强舞步节奏的表现，在不断重复
和回旋中。

　　其实在舞场的描写之前就出现过两段描写，密集着"腿"的意象与"鞋跟"互文呼应，当然也与"狐步舞"的节奏有关：

　　　　上了白漆的街树的腿，电杆木的腿，一切静物的腿……revue 似地，把擦满了粉的大腿交叉地伸出来的姑娘们……白漆的腿的行列。沿着那条静悄的大路，从住宅的窗里，都会的眼珠子似地，透过了窗纱，偷溜了出来淡红的，紫的，绿的，处处的灯光。

　　这一段是在载着刘有德的汽车通过铁轨旁的交通门之后，这些街树、电杆木与一切静物的"腿"皆为一路上从汽车中所见，它们与姑娘们"交叉伸出"的"擦满了粉的大腿"相混淆，通过蒙太奇手法都呈现为"白漆的腿的行列"，像是一场"revue"（歌舞综艺）表演。常有外国歌舞团在上海的夏令配克等戏院演出这类表演，甚至有裸体演出；穆时英所想象的颇如美国女郎的大腿舞，如1933年出品了《第四十二街》（*42nd Street*）和《1933年的掘金者》（*Gold Diggers of 1933*）这两部影片，对纽约百老汇歌舞作了经典再现，片中大秀特秀女星美腿。

"白漆的腿的行列"中街树、电杆木、一切静物与姑娘们的"腿"被去人性化地混为一体，与自然化的"跑马厅的大草原"形成吊诡对比。当母亲与儿子从刘家洋房里出来一起在汽车里时，重又出现"上了白漆的街树的腿"这一段，而最后"处处的灯光"却改成"处女的灯光"，一字之差造成微妙变调，暗示母子俩的乱伦关系，而"都会的眼珠子"这一淫欲的意象，到后半部分重复出现敷衍演为一对野鸳鸯偷情的段子。

狐步舞被死亡打断。我们看到镜头转向街旁，在弧灯下竖起了金字塔似的高木架，工人扛着大木柱，脚一滑摔倒，木柱压断了脊梁，嘴里哇的一口血，月亮没有了：

《第 42 街》，1933

《第 42 街》剧照，1933

　　　　死尸给搬了开去，空地里：横一道竖一道的沟，
钢骨，瓦砾，还有一堆他的血。在血上，铺上了士
敏土，造起了钢骨，新的饭店造起来了！新的舞场
造起来了！新的旅馆造起来了！把他的力气，把他
的血，把他的生命压在底下，正和别的旅馆一样地，
和刘有德先生刚在跨进去的华东饭店一样地。

　　这是整篇小说的重心所在，形象体现了"造在地狱上面
的天堂"，死亡与开首铁轨旁的凶杀场景相呼应，传来了"上
海特别快"达达达的吼声，狐步舞跳着死亡的节拍。把都市
看作天堂与地狱的空间比喻在 1927 年德国导演弗里兹·朗
（Fritz Lang）的《大都会》（*Metropolis*）一片中得到表现，在
三四十年代的上海相当流行，如 1940 年《东方画刊》以"天
堂的上海，地狱的上海"为标题，强烈对比了社会贫富差别
的情状。影片《大都会》中群众在地下劳作，造就了地面上

的繁华，正如其招贴画所示，在一个工人的背上矗立着摩天大楼。显然受到该片的影响，1937年袁牧之导演的《马路天使》的片头，镜头从高楼大厦移至底层来表现天堂与地狱的象征意涵，且用"上海地下层"的

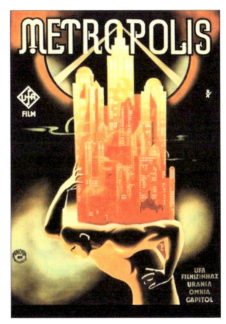

弗里兹·朗《大都会》，1927

字幕把这层意思表达得更为明显。

　　接着华东饭店里刘有德再次出场，对于二楼、三楼、四楼的景象作单一重复："白漆房间，古铜色的雅片香味，麻雀牌，《四郎探母》，《长三骂淌白小娼妇》，古龙香水和淫欲味，

袁牧之《马路天使》，1937

白衣侍者，娼妓掮客，绑票匪，阴谋和诡计，白俄浪人……"
那是个东方主义色彩的彻底腐朽淫欲的世界。单调而过度的
重复在于凸显主题，对四楼里的刘有德稍作描写之后，出现
了一张"只瞧得见黑眼珠子的石灰脸"，一个妓女掮客站在街
角躲在建筑物后面向路人拉生意，在作家被拉到弄堂里遇到
私娼的插曲之后，铺排了一段"眼珠子"的段落：

　　在高脚玻璃杯上，刘颜蓉珠的两只眼珠子
笑着。
　　在别克里，那两只浸透了 Cocktail 的眼珠子，
从外套的皮领上笑着。
　　在华懋饭店的走廊里，那两只浸透了 Cocktail
的眼珠子，从披散的头发边上笑着。
　　在电梯上，那两只眼珠子在紫眼皮下笑着。
　　在华懋饭店七层楼上一间房间里，那两只眼珠
子，在焦红的腮帮儿上笑着。

　　珠宝掮客在自家儿的鼻子底下发现了那对笑着

的眼珠子。

　　笑着的眼珠子！

　　白的床巾！

　　喘着气……

　　喘着气一动不动地躺在床上。

　　这一段写刘颜蓉珠与珠宝掮客从舞厅出来到华懋饭
店开房间，却以蒙太奇手法把一连串"眼珠子"的特写镜
头拼贴在一起，把舞厅、汽车、饭店、电梯等前面出现过
的场景以内视角度重又扫描了一遍，使得都市成为诱奸的
隐喻。

　　这篇小说六千余字，信息量之巨颇令人咋舌，囊括了各
种交通工具与社会空间，各色人物如交通管理员、刘有德、
太太、儿子、电影明星、印度巡捕、独身者、报贩、水兵、黄
包车夫、女秘书、打桩工人、煤屑路滚铜子的孩子、捡煤渣

的媳妇、白衣侍者，主义者和党人、宝月老八、老鸨、街头娼妓、拉皮条的、绑票匪、白俄浪人、作家、年轻人、穿了窄裙的蓝眼珠姑娘、穿了长旗袍儿的黑眼珠姑娘……正由于运用文学影视技巧抽象具象地把三教九流无奇不有虚实相间主次有序地安排提调在同一都市镜像的大舞台上，诸如"冒充法国绅士的比利时珠宝掮客"、"一个 Fashionmonger 穿了她铺子里的衣服来冒充贵妇人"之类简略而揶揄的勾画，如藏着无数秘密的傀儡，在角角落落里忘情起舞，由是烘托拱撑起一个地狱天堂的上海。

"上海特别快"代表资本的动力和罪恶之源，从铁道边回家的刘有德暗示出这一点。众多人物中包括搞地下斗争的左翼革命党人，"主义者和党人挟了一大包传单蹀过去，心里想，如果给抓住了便在这里演说一番"，客观描写中流露出穆时英自外于左翼运动的政治取向。其实他初涉文坛时写了不少类似"无产阶级文学"的同情底层的小说，而像《上海的狐步舞》具"新感觉"特色的作品便受到来自左翼的严厉批评，对他"落伍"或"骑墙"的指责，穆氏不表妥协，在《公墓自序》中说他同时写这两种主题和风格不同的小说，是由于自己的"二重人格"之故，而且说那种革命运动是"卑鄙龌龊的事"(《穆时英小说全编》，学林出版社，1997，页613－615)。论者认为在国共党争白热化之际穆氏对两者取"抵抗"姿态，的确在当时文坛与左翼对着干的有潘公展、黄震遐等人，在鼓吹具国民党色彩的民族主义文学，对此穆时英也不搭理，或者更确切的他把两者纳入天堂与地狱的狐步舞中，既表现了贫富阶级对立的左翼思想，同时讥弹地描绘那些欺负黄包车夫的水手或广告上的"英国绅士"和"抽吉士牌的美国人"的殖民者嘴脸，这方面与国民党的民族主义立场并无二致。

站在1931年上海的十字路口、政治与艺术的风口浪尖，穆氏被撕裂被仄逼，却醉心于艺术的乌托邦，声称"每一个人"是"精神隔绝了的"，拥有"寂寞"的自由，同时对于那些"被生活压扁了的人"、"被生活挤出来的人"感同身受，然而不觉得"必然地要显出反抗,悲愤,仇恨之类的脸来;他们可以在悲哀的脸上戴了快乐的面具的"。与政治与社会的自我疏离却使作者获得一种想象的闲暇、嬉皮的情调和反讽的风格,在现实与虚拟之间追逐萨克斯风的节奏:"我却就是在我的小说里的社会中生活着的人,里边差不多全部是我亲眼目睹的事。也许是我在梦里过着这种生活,因为我们的批评家说这是偶然,这是与社会隔离的,这是我的潜意识。"《上海的狐步舞》致力于"技巧上的试验和锻炼",其四分五裂的人格犹如席美尔说的"构成了大都会所创造的心理机制",在月亮的大草原上倾情迸绽,把转瞬即逝呓语般碎片化的日常都市经验以狐步舞的节奏整合在叙事空间里,由中西语言夹杂建构的文学自我充满了否定与裂变,遂造成一个文本奇观。

穆时英、刘呐鸥、施蛰存等"新感觉派"作家不同程度地吸纳了日本、苏联和欧洲的现代主义艺术潮流,其"前卫"或"先锋"特质在中国境遇中是被软化了的,仍具写实的底色,与文学商品市场之间有诸多协商与妥协，然而与先前的伤感浪漫象征等种种主义决裂，对于中国现代文学却造成了一次意义深刻的逻辑反叛，一种新的更为复杂的文学主体由是催生。

车厢社会人看人

　　谁不曾和火车打过交道？但是，人来人往，牵挂神伤，宾至如归，看到记得的无非是人。对于"有时每月乘三四次，至多每日乘三四次"的丰子恺来说，虽然"每乘一次火车，总有种种感想"，然而乘得太多，"哪有工夫和能力来记录这些感想呢？"在《车厢社会》这篇1935年的散文里（《车厢社会》，良友复兴图书印刷公司，1943，页1—8），他记述了二十余年中"对火车不断地发生关系"：从小在乡下听到"一不小心，身体就被辗做两段"或者"坐在车中，望见窗外的电线木如同栅栏一样"的话，怀着恐惧与好奇，一旦为考中学而去了杭州，"乘到了，原来不过尔尔"——一瞬间长大了。

　　丰子恺把他二十余年的乘车经验分为三个时期，初期对

丰子恺《某夫妇》

一切都感到新奇和欢喜，看不饱沿途景致，只想车能走得慢一点；中期对什么都看惯，对火车厌烦起来，上车就拿出书来看，只想能快点到达目的地；到后期一切又变得新鲜，不过这番"温故而知新"前后大不一样，从前是童真般欢喜，后来把车厢看作社会的"缩图"，要看出意思来，于是觉得可惊可笑可悲了。"车厢社会"好似挂了个镜框，从中映现百态人生和他的新的感悟，却让我们联想到他的画，禅意之中含着悲悯，大约和他的长期的火车体验有着某种关联吧。

　　让丰子恺惊叹可悲的车厢社会的缩图，如他大段描述的，是各式各样占据"座位"的情景：一人占了五六个人的位置，故意打鼾或装作病人，拒人千里外；有的用行李占了左右位置，有的把帽子或书册放在旁边的坐位上，说"这里有人"或种种借口来搪塞。在火车小说里占位错位之类的细节常是捧哏的笑料或是一场浪漫邂逅的契机，而丰子恺关注"座位"这一生活实际，"明明是一律平等的乘客，为甚么会演出这般不平等的状态？"说实在质询中没带多少火气，只是替那些不善争位的老实人鸣一点不平。丰氏至此归于平淡，多亏了一份平常心，带着些许令自己不安的"消遣"观看而挑开一角"车厢社会"，其实是"三等车"中芸芸众生的情状，这也正是让笔者感兴趣并发现大量这类火车文本细沙般散落在民国的报纸杂志之中，活现了"人的文学"的中国特色。

　　包天笑也留下一份与火车关系的行状，在年届百龄时撰写的《衣食住行的百年变迁》中历数自己如何与各条铁路发生交情而变成一个东南西北人。与丰子恺相似，他说坐火车最有兴

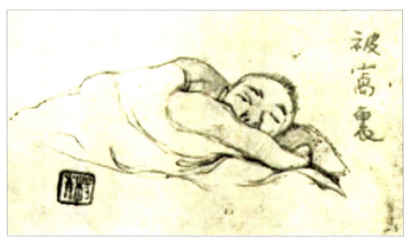

杨清磬《沪宁车中所见》,《太平洋画报》, 1926

味的事之一是"观察同车人。或者是一对情人，相亲相爱，旁若无人，自有他们的小天下；或老夫少妻，儿女一大群，闹闹嚷嚷，亦足见其众生相"。笔端含着同情和喜悦，这多半是他坐惯的二等车里的情景。他乘得最多的是沪宁线，特别交代车厢分头等二等三等，上海到苏州的票价是头等一元，二等六角，三等四角。最为热闹的是三等车，乡镇密集之地以农人居多：

> 车厢中塞满了蔬菜瓜果，还有鱼米鸡豚。尤其是到了岁晚时候，乡下人每每把他自己所养的鸡带到城里来，送给乡亲和地主，车厢里一时鸡声此起彼和，令人可笑。二等车客亦多，那是所谓中等阶层的人，有的带着家眷，有的携着友朋，笑语喧哗，自是热闹起来了。可是头等车里人，倒是很少的，除非有什么官绅或者是外国人，常常头等车厢里，空无一人。(《衣食住行的百年变迁》，大华出版社，1974，页74。)

我记得小时候过年，饭桌上最后端上来一砂锅鸡汤，必定是老母鸡，香菇冬笋，盖着发菜，金澄油亮的汤水，心急一匙子烫到了嘴。那是江南风俗，所以一到岁末车厢里鸡声不断。包氏说"可笑"是种喜乐的直感，眼见即生活，比丰子恺隔着"缩图"的镜框更为直接透明。他讲百年衣食住行如文化掌故，与自己的生活经验丝丝相扣，如鱼水相忘于江湖。他被尊为"通俗之王"，而实际所做的好似为日常生活加冕。他的大量创作也一样，无论梅兰芳、金粉世家、上海春秋，一切在历史的戏场中搬演，人情世故永远有其真善的典律。他也没放过各类现代交通器具，正如《衣食住行的百年变迁》中述及飞机、火车、汽车、电车、轮船的中国之旅，一件件如数家珍，而这方面他的小说也可列出一张可观的清单。如《空中战争未来记》描述了欧洲各国"飞行之船"大比武，好似预言了一次大战的发生。《富家之车》讽刺汽车的流行与有钱人家的豪奢与愚蠢。《活动的家》令人艳羡地描写了一对中产夫妇自制"自动车"及其以旅行为家的生活方式。

时而和光同尘的面纱被笔触刺破而透露出底层阶级的生活。如《在夹层里》揭示了"垃圾码头臭粉弄"的"阁楼"里穷人的居住状况,《烟篷》则是一种"下等社会"船只的搭乘经验,而在 1923 年发表的《四等车》是一篇难得的火车小说(《小说世界》3 卷 2 期)。四等车原是用来运货的,1909年《图画日报》上有一幅《邮探查获私运本报》的图,说宁沪铁路某查房每天从苏州乘四等车到上海,为文明书局私运书报,被查出而遭到起诉(上海古籍,1999,第 2 册,页 251)。1918 年交通部下令京奉、津浦等线为"贫民载赴垦牧区域及工厂地点工作"而设置四等车(《政府公报》225 号),几乎同时南方沪宁线、沪杭线也有四等车(《铁路协会会报》83 期)。赐予贫民的恩物其实是个大铁皮箱,包天笑的《四等车》:"这是把铁路上装牛啊、马啊、猪羊啊那种牲畜车改造的四等车。这是一种外面灰黑色,望望使人不快的火车。只是一种黑暗少窗、空气与光线都不足的火车。这是人与行李、杂乱无章，堆垛着而没有座位的四等车。"反复"这是"的句式强调了这种车的非人状态。火车行驶至某小站为了让一列"特别快车"开过，等了半个小时。快车开过时一个体面的太太探出头来，惊讶道："阿呀，这是四等车，好肮脏的四等车!"车上一个"乡老儿"听他的孙女说也要坐特别快车，一顿训斥："呸! 给你坐了火车，已经是有福气的了。你还要想坐特别快车!"她还在歆慕"特别快车里一个好娘娘!"这篇小说意在凸显阶级差别，看似平淡而不乏警醒。

还有一种叫"厂车"的，是无顶火车，有时也用来装人。徐卓呆在一次北上旅途中正逢军阀张宗昌在调动军队，客车全给军官占去，士兵们坐在厂车里，扎有帐篷，用字条表明所属部队。老百姓在济南站等了三天上不了车，有的终于乘上了厂车，"且车内先载有石灰，上曝下蒸，备极可怜"(《上海画报》1925 年 6 月 12 日)。

"五层楼的三等车"是程瞻庐的小说《火车中》的小标题之一(《红玫瑰》，第 3 卷第 43 期)，刻画三等车"拥挤"情

陇海路火车上军人拥挤情形,《良友》,1930

状令人叹为观止。时值军阀们穷兵黩武,军队运输是头等大事,不消说兵士占了头等二等车厢,也和老百姓一起挤在三等车里。于是"三等车变做五层楼了!最高一层的搭客——兵士居多——踞坐车顶——其次,高卧两旁搁板上——放行李杂物的搁板——其次,座椅靠上——三等车间之靠背——其次,座椅上,最下一层,坐地板上"。这种景象不少见,小报上曾有《京汉车上之三层楼》一文,因为军方把火车扣住,"军士以为家舍,即成为彼辈之不动产"(《晶报》,1927年12月9日),能开的火车愈少而造成格外拥挤,于是旅客不光占了车厢和车顶,有的不顾危险卧在车底空隙处。作者以为这"三层楼"足以触目惊心,且以为仅发生在北方,遂感叹"南方人真享福而不自知也",岂知程瞻庐所写的正是沪宁道上车厢里的"五层楼",就没得比了。

程瞻庐是苏州人,长期从事中学教育,民初以来驰骋文坛二十多年,长篇短篇样样都来,有三十余种单行著作行世。《火车中》属于"滑稽小说",以第一人称把几个专题场景串连起来，不失其惯常的讽刺幽默的风格。如无锡奶奶拉尿在裤里殃及他人而谎说热水瓶打翻，遭到奚落时"两爿面皮红得和惠山脚下耍货店里泥塑的大阿福一般"。有关"排泄"的细节典型表现了三等车的拥挤，而促狭挖苦不失雅谑。"孔二先生三十而立，我却是五十而立了"，然而抬起一脚再也踏不下去，说戏/死话也不免自嘲一番。几个给茶房好处而霸占了厕所的旅客，在众人抗议下不得不大开"方便之门"，跟那些通过运动辛苦得到又被人夺走"臭地盘"的官员如出一辙；或由那些把乘客"掇臀捧屁"推入车窗的脚夫联想到阿谀拍马的"文丐先生"，和"掇一次臀两毛钱，捧一次屁四毛钱"的脚夫也差不多。作者引喻类譬，处处机锋，并联系到官场文坛，因此这篇小说妙趣横生，令人解颐之余不免对这个"乱七八糟的时代"感到悲哀。

小说开头说："我每个月至少要坐火车七八回，每一回至少要坐两三小时；我和火车，算得很有缘了。我不把火车当做火车，我只把火车当作搬演小说的活动舞台，火车里老的少的村的俏的种种不同的搭客——尤其是三等车中的搭客——都是活动舞台上生旦净丑的好脚色。"最后一节题为"掉枪花式的侠客",一个贫穷老妇因丢失了车票要遭罚款而焦急万分,一个少年见义勇为,把自己的车票给她,他在出关时硬说票已经给收去了。检票员不信,他摸来摸去摸出一小角车票,检票员把收过的票核对,发现有一张也缺了一个小角,就放他出去。原来少年事先撕下一角,让老妇走在前头,然后自己蒙混过关。程瞻庐笔下的三等车是一幕幕风格化小品的镜像舞台,充满日常狂欢气息,而那个少年算是惟一小奸小猾的英雄,似给时代点燃油灯般希望。

和包天笑、程瞻庐一样,范烟桥在《车厢幻想》中也说"有种种面目,可资写生,有种种事物,可作小说材料"(《申报》1923 年 7 月 17 日)。有趣的是他们都是苏州人,于是车藉地灵,人以车聚,都喜欢乘火车,藉火车观察和写作,眼中笔下总离不开人,其实他们卖文为生,三等车作为平头百姓的行旅空间,与他们的"通俗"身份契合无间,他们受制于报纸杂志的出炉时刻表，赶文章犹如赶火车，火车与文学生产及资本再生相辅相成。作家们钟情于人，并非因为中国人口居世界之冠，其实在外国也有他们的同道，这使我们联想到波特莱尔——一个令人神往的巴黎街头"闲逛者"。在本雅明看来闲逛者有个跨国谱系，与波特莱尔同类的如美国的爱伦坡、德国的霍夫曼。但是通俗作家不大习惯独个儿在都市大街上闲逛，太多危险和诱惑，所以乐于铁道通勤与三等车为伍，边缘而合群，倒也合乎通俗文学生态。这与爱伦坡不无相似之处："休闲逛街者独自一人的时候就感到不自在，所以他要到人群中去，由此很容易推想他之所以要将自己隐藏在人群中的原因。……他对人群的描写在题材的真实性和艺术性方面至少同样吸引人，这两方面的成功使得他对人群的描写尤其为人注目。"（王才勇译《发达资本主义时代的抒情诗人》，2005，页46）

新感觉作家们更似波特莱尔式的闲逛者，他们在百货橱窗、咖啡店、电影院、跳舞厅、剧场之间流连忘返，迷恋商品的秘密而求助于通灵和移情的魔力，"诗人享受着一种无以比拟的特权：他可以随心所欲地既成为他自己，同时又充当另一个人。他像迷失路径在寻找躯体的灵魂一样，可以随时进入另一个人的角色中"（同前书，页54）。即便如此，中国的都市闲逛者们活得更苦逼，感受到政治、资本、美学和女人在他们的灵肉场域中拉锯撕逼，间或听到远处铁道传来的轰隆与呼啸，勾起记忆中震惊的创伤，而火车车厢给他们提供了一个充满吊诡、陌生化了的现代性空间，在刘呐鸥的《风景》里自然与文明结成欢喜冤家，一度巫山露水浇灌之后又各自东西；在穆时英的《上海的狐步舞》里充当了天堂与地狱的媒婆，而在施蛰存的《魔道》里火车车厢成为一个都市白领的狂想空间，对面却煞风景坐着一个丑陋老婆子，使他至乡间访友的整个旅途被她的魔影死纠蛮缠，上演了一出弗洛伊德式的人鬼不了情。

不能遗落了"新文学"一脉的作家，所谓"新"、"旧"也是思想背景、感知方式与文学趣尚的大致分野，还得具体观察，不必把标签当膏药贴。前面举过《中国新文学大系》中几篇火车小说，出色表现了"五四"历史进化观念与个人意识。孙俍工《前途》已有车厢里人头拥挤的描写，这里另举一二观察他人的例子。首先是提倡"人的文学"的周作人，在 1919 年 8 月的《新青年》上有《游日本杂感》一文，有趣说到日本的"车厢社会"，一二等车里的乘客炫耀日本长足进步的物质文明，穿时式洋装，吃大菜，喝白兰地酒，然而心里装的仍是武士和艺妓，二等车里能看到穿和服和吃便当的，三等车里的情形完全不同，没有人提供服务，乘客不再顾忌礼仪，一到车站便伸出头去呼买便当，也不敢随便离开座位，怕给人占去。"由我看来，三等车室虽然略略拥挤，却比一等较为舒服；因为在这一班人中间，觉得颇平等，不像'上等'人的互相轻蔑疏远。……波兰的小说家曾说一个贵族看'人'，好像是看一张碟子；我说可怕的便是这种看法。"这里表达了周作人的"平等"思想和阶级意识，涉及他自己的身份界定，好像他不是坐不起一二等，而觉得在三等车里更"舒服",情感上跟三等更亲近,不等于完全认同三等,因此含有模糊性,一方面流露出对阶级身份敏感,另一方面自己的不确定身份伴随着某种焦虑。

他也在中国车厢里看人:"我在江浙走路,从车窗里望见男女耕耘的情形,时常生一种感触,觉得中国的生机还未灭尽,就只在这一班'四等贫民'中间。但在江浙一带看男人着了鞋袜,懒懒的在黄土上种几株玉蜀黍,却不能引起同一的感想;这半因为单调的景色不能很惹诗的感情,大半也因为这工作的劳力,不及耕种水田的大,所以自然生出差别,与什么别的地理的关系,是全不相干的。"这里"走路"应当是乘火车,否则没法"从车窗里望见"。他觉得在"四等贫民"身上寄托着中国的希望,是受了当时方兴未艾的社会主义思潮的影响,不无幻化了的农耕社会的天真淳朴的道德理想。同样是耕地,江浙一带男人却没有引起"同一的感想",因为耕种水田花费更大的劳力,似乎越辛苦越值得尊重,其中阶级意识夹杂着"诗的感情"就比较复杂了。实际上"平等"也好,"四等阶级"也好,对于周作人来说,都属好听的高调,观念先行,思想至上,一旦据此作为衡量人或文学的标准就有强烈的排他性。如果我们参照他在《新青年》上发表的《人的文学》就可明了这一点。文中开列了属于中国儒道系统的十种"书类",包括《水浒》《西游记》《聊斋志异》等都属"非人的文学",他说都应当从"纯文学"领域里被"排斥"出去。

耿式之的《火车里的一个乡下老》和凌叔华的《旅途》,都以第一人称叙述旅途中所见到的人,方式各别地反映了阶级意识与身份焦虑的问题。

从北京到唐山的三等车里"我"从窗外望出去,"咳,我不看罢了,一看就不觉脸倒一红,自己惭愧起来"。他看到一大堆人群——"灾民们",在寒夜里嘘唏哆嗦,父母子女一大堆蜷缩在土穴里。目睹此景象,"我倒极舒服的坐在火车里去上学读书,叫我哪能不心酸,恨不得跳出去安慰他们"。耿式之这篇小说发表在 1922 年的《文学旬报》第 31、33、34 号上。在这份代表文学研究会的文学刊物上，主编郑振铎主张"血和泪的文学"，给"人的文学"增添了"革命"色彩。耿作中的主人公多半是经过五四运动洗礼的青年学生，当他看到正在寒夜里煎熬的灾民，对比自己的"舒服"而发出揪心的呼号，显见他是个同情苦难阶级的热血青年。耿式之多半读过鲁迅的《一件小事》，这篇小说也是用第一人称表达了一个人力车夫的高贵品质，相形之下作为知识分子的"我"充满了内心羞愧与震撼，对于五四这一代不啻上了一堂生动的阶级教育课。

在痛苦观看的插曲之后，耿作聚焦于"乡下老"的遭遇。他的儿子在唐山矿务局当小工，听说那里无数小工给毒气毒死，急忙赶去唐山一探究竟；但他没买票，身上带着一张别人给他的某总长的名片，检票员和警长说他逃票，且冒用总长的名片欺骗，要惩罚他。小说记录了乡下老可怜哀求、警长责询斥骂的全过程。这里用自然主义写实手法暴露了警长等对平民百姓的欺压，然而不禁令人对"我"的态度产生疑问。和先前看到灾民的激情反应对比，他始终在一旁冷静观看，最后仅表示"我不由得有些悲感"。实际上在查票之前"我"被一阵臭味熏醒，发现旁边坐着一个乡下老，遂对他作了一大段描绘："他的头发蓬着，好像一个刺猬爬在他头上；他的眼角里流淌着一种眼粪和眼泪的混合物；他那蜂房式的鼻孔，不憩的深呼吸，把他那又粗又硬的唇须吹成大道儿，好预备那螺肉般的两条鼻涕溜下去；他时常张着嘴，把他那满堆牙粪的黄牙露出来。我看了这位座客急忙用毛巾盖着鼻子，向右让了几座：因为他那青色而被日光晒成白色的破棉袄上发出一种奇臭逼人的汗味，就是别的坐客也都瞪着眼，显出极讨厌的样子。"这段工笔刻画颇具文学气息，确实惹人"厌恶"。但是这个乡下老，老婆死了，只有一个儿子去远地打工，生死未卜，买不起车票被送法办，他的境况似乎比那些灾民更为悲惨。年轻主人公见到灾民"恨不得跳出去安慰"，而对于乡下老仅止乎"有些悲感"，其情感落差似乎反映出阶级意识及其思想与实践之间的断裂，那些灾民也会有乡下老的臭味甚或疾病，如果真的和他们在一起且要"安慰"话，心理上须有一番痛苦挣扎吧。

凌叔华的《旅途》讲述两个妇女的邂逅（《凌淑华小说集》，洪范书店，1987，页435—445），同情之中更具张力，而新旧女性的不同命运令人深思。突然听说姑妈病重"我"搭上了去北京的二等车，幸而另一个床位空着，开始阅读小说，茶房给沏上一壶清茶。不久清静被打破，进来一位三十多岁面容枯黄憔悴的妇女，带着五六岁的男孩，抱着一岁光景的女孩，茶房运来了大大小小十多件行李，填满了车厢。女主人公大受惊愕，难闻的气味让她受不了，宁可在过道里站着。从男孩口中得知他父亲在石家庄生病，那是花柳病复发，因为遗传，孩子的耳朵烂了。然后和他妈交谈，得知她生了七个孩子，有的死了，有的给奶奶带着，现在她怀有四个月身孕。

简练而旁敲侧击地，作者勾勒出一幅旧式妇女的悲惨画像，也不露声色地表现了女主人公由厌恶、无礼转变为

同情。当装满日用什物的大网篮放在两床之间，她的鞋被
压在底下，于是叫茶房来从网篮底下拉出鞋来，"那双黑缎
面的鞋已经变了一对从泥坑里掏出来的鲇鱼了。这原是我
的新鞋，今天刚上脚"，这个鞋仿佛象征了一个优雅世界的
陷落。看见母亲腾不出手，她主动给拉了屎的男孩擦屁股，
那并非英雄主义的激情，她为自己小时候没有接受教会洗
礼而缺少"为人服务的精神"感到惋惜。因为信赖，妇人
袒露了家庭隐私。男人乱搞而得了花柳病，她知道，但仍
然和他生孩子。这样的谈心，自觉不自觉地揭开了中国女
性悲剧真相和男权社会的狰狞面目。当女主人公建议她应
当小心点以防传染，她回答："两口子怎能防得许多?""您
以后打算还生几个孩子?"她回答："命里有几个生几个
吧。有人劝我们先生用新法子节一节育。我就不赞成，他
们张家这一代人口可不多，没有得生也罢了，像时髦的女
人，特意要截回去，也对不住祖宗不是。"读者至此不由得
倒抽一口冷气，凉透脊背，然而以寥寥数笔活托出这样一个

精神受戕不亚于祥林嫂的妇女形象，凌叔华的笔力也令人叫绝。

"她说着脸上露出郑重的自负，使我不能再插入什么话。"妇人带着孩子们下车，留下她在车厢里伤感，"我这个黄昏只默默对着黑暗的原野望着，让无情的车拖着我的心在黑空中奔跑"。显然，"哀其不幸，怒其不争"是我们读了这篇小说的感受，事实上更有意思的在于对比，小说也建构了一个有教养、有同情心和理性的新女性形象，更为真实地展示了现代女性的生存形态。对于凌叔华来说通过对比给自己做了个身份鉴定。

车厢社会里你看我我看你，朝里看朝外看，多的是三等车里的人啊人！生于兵荒马乱天灾人祸的时代，大家都这么活着，苟且、平凡而坚韧。上面提到过小报，里面多的是三等车文本，似乎谁都可以成为作者，谁都可以吐槽，特别对于任意占用火车的军阀和军士，这也是民国时代的一种民主景观。上文也提到过包天笑所说到三等车里的"鸡声"，恰巧在《晶报》上有一篇《宁沪车上之鸡声》，姑录于此：

> 阴历岁阑，人民迷信未去，仍有谢年祀岁之举，而牲礼之外，惟小鲜为贵。上海之鸡，价乃腾贵，银钱一圆，尚不足一斤，于是沪宁车上之旅客，归海上者，每携鸡数头，或安置在网篮中，或扎缚于蒲包内，至餐车内，有为侍者所托带者，亦至累累。早车初发，为旭日所烘，渐有暖意，于是餐车内之鸡，忽作高唱，喔喔之声一鸣，各鸡皆闻声相应，三等车之鸡，首先响应，二等车继之，头等车又继之，喔喔之声，更相迭和，其声均出诸椅下，有某西人闻之大笑，大有闻鸡起舞之概。或曰，此非恶声也，亦点缀旧历新年之佳兆耳。（1928 年 1 月 22 日）

读来莞尔，略有明人小品之趣，也可见中国老百姓的乐天精神，只是说鸡声也从头等二等车里传出来，一时间群鸡似乎臻至大同境界，或者将临血盆，齐声哀鸣、这表示抗议？或者是作者的夸张？就不得而知了。

铁道的骗局与罪行

1935 年 1 月 3 日下午，北平正阳门外车站——张恨水的中篇小说《平沪通车》开场的时间和地点（北岳文艺出版社，1993）。本来从北京到上海的火车在长江口中断，旅客须乘轮渡过江到对岸，在下关站再上车。两年之前火车由轮船摆渡到对岸，所谓"通车"即指这一公共事件而言，使得小说所叙这趟车里发生的女党"翻戏"故事也染上了新闻色彩。

"翻戏"意为骗局，是沪语切口，寄生于十里洋场的罪恶景观之一。小说里银行经理胡子云在头等车厢为一个漂亮时髦女子所骗，携带十二万巨款被窃。此后他穷愁潦倒，小说的最后一幕是数年后他从上海北站乘上去北平的车，在苏州站看见一个疑似当年女骗子的漂亮女郎，遂跳下车去追她，

新宁铁路火车在牛湾载船过江情形,《良友》, 1929

沪宁铁路上海车站（即北站），《图画日报》，1909

上海北站之形势，《良友》，1930

一边追一边狂呼："把她抓住，快快把她抓住，她是一个女骗子!"——他疯了。

照周蕾的解释，此火车隐喻传统文化的命运。就像从北平到上海之旅，似从过去到现在的时光隧道，传统既不可能回去，却凭借现代"美人"之"回眸"而呈现其业已破碎的"神韵"（《妇女与中国现代性》，麦田，1995，页140—152）。此解自成一说，在美人回眸中自有张恨水的保守文化政治在。三十年代女性的公共参与天经地义，清末以来关于女性公共性问题说短论长早成过眼烟云，张恨水不见得在怀旧，不过民初"黑幕"小说里"翻戏党"在《平沪通车》中借尸还魂，给主宰都市欲望的颜值资本主义泼冷水，把胡子云那样的土豪财阀搬演成咎由自取的冤大头，对于色令智昏者不无揶揄与警诫。这也是有关都市文化研究中经常讨论的"陌生人"议题，来自五湖四海的各色人等如何相识相知相斥相斗？新的面相学交际学如何产生？都市空间在现代人际关系及其价值塑造中扮演了什么角色？火车成为国族想象共同体的重要纽带，而火车文学中浪漫艳遇、欺诈或谋杀的主题应有尽有，皆在陌生人当中展开。张恨水这篇小说描写火车中一个精致的骗局，既是都市陷阱的隐喻，也是对陌生人问题持慎重态度的表现，在更普遍意义上就像家长谆谆叮嘱小孩在公共场合不要搭理陌生人一样，涉及现代社会中最基本的安全问题。

现代作家论多产与人气没有谁能与张恨水比肩，文白调和软硬适中的语言，流畅而不乏意外的情节，勾画精准的人物类型，家长里短的题材，都是让他受到大众青睐的原因。《平沪通车》里的胡子云："财界上的二三等人物，白净的圆脸，在嘴唇上略微带一撮小胡子，配上他那副玳瑁边圆式眼镜，果然是有些官派。"读者不难赋予他世故、精明的性格，稍后得知他有三房姨太太，更对他加上老派、好色的印象。他和摩登女郎柳系春暧昧拍拖牵连到二等车里公费出差的李教授、三等车里一对去上海谋生的小夫妻、老鸨出身的余太太、带着狼犬的富二代，他们的身份看似透明又模糊，多少藏着点秘密。男女主角你追我逐捉迷藏似地穿梭于各个车厢，于是张氏展示小说家特权，万宝全书式地描述了不同等级的"车厢社会"以及有关铁路旅行的种种黑幕与避免吃亏的诀窍。

最撞击眼球的当然是柳系春，如范烟桥《车厢幻想》说的"突如其来，悠然勿逝，若为丽人，有不目逆而送之者，非盲即痴矣"。这也不失为人情之常，但是胡子云一旦动了他念，就不止是观赏了。他第一眼"只见一位二十附近的女人，穿了一件高领子皮大衣，在皮领子中间，露出那红白相间的粉脸来，两片翠叶耳环子，只在领子上面不停的打着秋千。看她那漆乌的眼珠，闪动的两个漩涡，蓬松着的头发，没有一样不是动人的"。他费尽心机与她接近，相识之后再三话里套话，旁敲侧击仔细揣摩，在决定是否入局认股之前要吃准"这个女人，究竟是哪一路角色呢?"见"她无名指上，露出一粒蚕豆大的翠石戒指"，显然不是学生，那么是妓女?舞女?怎么会规规矩矩读洋装书?怎么会举止文雅，出手阔绰？最后确定她是个"阔气家眷"，因婚姻触礁出来散散心，到上海打算与她丈夫办离婚手续。此时胡子云疑虑尽释，遂使出浑身解数全线出击。结果他如愿以偿，让她补票住进自己的头等车，遂春宵一度，至第二夜女的将他灌醉，当他醒来发现巨款不翼而飞，女的已在苏州站下车，消失得无影无踪。

他猜对又猜错了。的确柳系春什么都不是，却是多重身份的复合体。对胡子云起了决定作用的是看到她写给朋友的一封信，其中有"两年以来，这片面的贞操，徒是苦了我自己"的话，岂不是具反叛色彩的"新女性"？最后那个牵狗的富少告诉他，她是个流窜在铁道线上的"女骗子"，"若问到她姓什么？那恐怕只有她自己明白了。她不但姓名不明，就是她住在什么地方？她也始终的保守秘密"。从文学观点看这是个少见的"恶妇"形象，是火车叙事中最为迷人的陌生人，也是个都市隐身人，罪恶与秘密的永恒象征。对于人物类型塑造的一代宗师张恨水来说，这一"女骗子"形象意味深长，不啻是一个文不厌诈的隐喻，一个精于而不限于套路的创作手势。

张恨水之名家喻户晓，是在三十年代初上海《新闻报》副刊《快活林》上连载《啼笑因缘》之后。大家知道鲁迅的母亲喜欢张的小说；张爱玲算得挑剔，对张恨水却网开一面。

张恨水与妻儿

一个著名插曲是小说写到一半时，副刊主编严独鹤建议添加武侠元素，于是出现了关寿峰父女的线脉，果然大收奇效。严的建议是考虑到读者兴趣，也是出于类型意识。其实清代的《儿女英雄传》就属言情加武侠，而在二十年代通俗文学中，言情、侦探、武侠等类型搭配已是攻抢文学市场的金科玉律。在这方面张恨水不负众望，尤其是成功塑造了沈凤喜、何丽娜、关秀姑这三位女性形象，各有新旧类型的谱系，也体现出张氏的创造性想象。

类型书写是通俗文学一大法宝。如

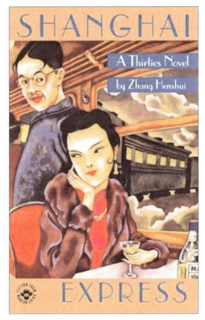

《平沪通车》，William A. Lyell 译，1997

雷蒙·威廉斯（Raymond Williams）所阐述的，文学艺术的"程式"（convention）意谓文类与形式套路，与阶级、机制与意识形态具制约关系，一如约定俗成的游戏规则而为文艺创作所尊奉。不同时期或各种社群有不同的程式，呈现吸收或排他、延续或变化、交替或交叉等形态（*Marxism and Literature.* Oxford University Press，1977，pp.173-179）。在现代中国，比方说新派主张打倒传统，对于流行的类型如"香艳体"、"章回小说"特别反感，指斥前者毒害青年，后者是"记账簿"，毫无艺术价值。而旧派则不亦乐乎大量运用传统程式，一方面是他们的文化习性使然，精熟十八般武器，另一方面传统类型和套路为大众喜闻乐见，且在其延续演变中发展出新的程式。《平沪通车》是旧瓶装新酒，却也不算新。它仍是章回体，如"第一章"标题"一个向隅的女人"所示，不再用旧体诗句而改为散文体。小说写火车里的女骗子，主题与人物都属于新程式，却主要是从自身通俗文学一路发展出来的，其实已经是个新旧交杂的传统。这里举几个例子，或有助于了解张氏的创作特色及其畅销的奥秘所在。

火车与犯罪几乎联袂而至。左拉的《人之兽性》（*La Bête humaine*）是一部描写火车上谋杀的心理惊悚小说，1890年出版后就有人惊呼："太多的火车，太多的犯罪！"（Oxford

University Press，1996，p. vii.）这类文学在中国姗姗来迟，关于火车与盗贼的小说在清末民初被介绍进来，如《火车盗》有关火车遭绿林匪盗的打劫（《小说时报》2 期)，《石油矿之报告书》讲述车厢里劫财谋杀的故事（《小说大观》1 集，1915 年 8

Jean Renoir，dir. *La Bête humaine*，1938

月)。1915 年《滑稽时报》中一则题为《火车贼》的笔记，是从俄国圣彼得堡一家报纸转译的消息："圣彼得某报言，俾辣至葛其拿火车中，时有失窃之事。有礼部大臣包滋尔在睡车中失去三千三百卢卜，此款本存在银行中者，贼从其衣袋中盗去支票簿取去。该支票簿放在长褂袋内，时刻不离身者。"

美国火车遇绿林打劫,《新闻画报》

(《滑稽时报》4 期）这不一定是《平沪通车》的故事原型,但
火车中常发生这类事。

　　文学中的"恶妇"形象,远的如潘金莲等不说,民国初年
随着女权高涨,引起社会上褒贬不一的反应,突然恶妇成为
文学市场的抢手货,有妓院老鸨、压制自由恋爱的母亲、虐

待小妾的主妇或专在闺房训斥老公的河东狮等不一而足，还有揭露"女拆白党"的"黑幕"小说，如孙漱石的长篇小说《十姊妹》，描写妓女和女学生等结拜金兰，以欺骗聚财为业。有趣的是《十姊妹》里的女党魁名叫柳絮春，而《平沪通车》里的女骗子叫柳系春；最后胡子云惊呼"中了翻戏党的翻戏了!"等于说中了"拆白党"的"翻戏"。柳系春和余太太确属一党，当胡子云在醉乡时，柳窃取了他的钱装在信封里，等余太太过来把信封交给她，余太太提前在无锡站下了车，这些都是精心谋划好的。从这些地方看张恨水对《十姊妹》必定是熟悉的，该小说在 1922 年被改编成电影《红粉骷髅》，也可见其影响。另一个影响的例子来自 1928 年的小报《福尔摩斯》上一篇不署名的报道，题为《宁沪车中之美人计》：

> 有土贩李某者，于上星期日搭头等车由沪赴宁。时车厢中，乘客寥寥。有一少妇，适坐李之对面；时而傅粉，时而点唇，旋忽启篋取物。李视篋

中，则累累然，胥中国银行之钞币也。疑为谁家贵妇，挈此巨款以行；继视此少妇，态殊妖娆，即时时以目窥之，且启提篚，取钞数叠，翻覆计数，少妇亦微笑回目及之。李见有隙可乘，即出茄力克香烟一支曰："长途寂寥，盍吸此烟解闷？"女含笑受之，由是话匣开始，相谈甚洽。李询女以所至，则以苏州对，李亟曰："余亦赴苏，下车后，当为卿照料一切，免倾轧之累也。"女颔之。未几，车入苏站，乃相偕下车，同乘马车抵阊门，僻一室于苏州饭店。坐未久，以时尚早，李邀女作留园之游，于楠木厅啜茗小坐。正清谈间，女忽起立曰："请君少待，侬赴小解即返"。岂知候至日暮，未见芳影，心知有异，即遄返旅邸，则所存账房中之提篚，已为少妇取去，而旅馆中人，尚意为李之眷属也。李知受愚，已惟徒呼负负而已。综计李此次之损失，约在三千金左右。（10 月 5 日）

　　男女开始交往的情节在《平沪通车》里几乎是依样画葫芦，特别是吸烟的细节，胡子云与李教授去餐间聊天，把一筒加力克香烟有声有响搁在桌子上。柳系春坐在附近桌边，问茶房要买加力克香烟，茶房说没有这个牌子的，胡听到了就叫把他的那筒拿过去，茶房还在犹豫，胡说："茶烟小事，随便可以敬客，你把我这筒烟送了过去。在火车上非常的寂寞，不抽烟解闷，怎么行呢？"

　　这个段子何其相似乃尔！"解闷"更不会是巧合，当然《平沪通车》里只是局部借鉴，在人物乃至主要情节方面完全改观。实际上这段小报新闻本身就像一篇《聊斋》式文言小说，火车盗窃的故事被复杂化，孕生出新的母题与叙事形式，而对于张恨水来说取材于报纸这一点正说明他的文学样式与套路的通俗性，也可发见其拴住读者之谜。通俗小说与报纸新闻、大众阅读之间血肉相连，擅长报纸连载小说的张恨水要有吊足胃口的本事，新闻性是加强与读者互动的一大

217

要素。另一方面一般通俗作家仿佛生活在由报纸、小说所建构的日常共同体之中，与同行、大众分享公共事件与历史记忆。张恨水在 1919 年的《晶报》和 1921 年的《申报》发表文章加入新旧文学争论，其时他初涉文坛便关注上海报纸，已对"鸳鸯蝴蝶派"有所认同(《晶报》1919 年 11 月 21 日;《申报》1921 年 2 月 20 日)。在二十年代《福尔摩斯》和《晶报》《金钢钻》《罗宾汉》被称为小报"四金刚"，成为市民茶余饭后的谈资，因此张氏受到《福尔摩斯》中火车失窃故事的启发就不足为怪了。

老舍

在三十年代另一位通俗大家是老舍。由于全民抗战，政治意识形态相对冲淡，任何文学口号都难与"通俗"争锋。老舍热情加入抗战文艺运动，几乎是通俗代言人，其《释"通俗"》一文说："当此抗战时期,艺术必须尽责宣传,而宣传之道,首在能懂。"(《老舍研究资料》,十月文艺出版社,1985,页439)"通俗"方式有两种,一种由上至下,从梁启超至新文学运动都强调启蒙民众,另一种是横向的,如一般旧派文人奉读者为衣食父母,首先要求通世俗之情,当然都有"宣传"的意思,只是显晦不同。如老舍自述:"'五四'给了我一个新的心灵,也给了我一个新的文学语言。"五四在他身上体现的,一是他的京片子白话先天十足,一是他的爱国激情无与伦比,还有一点是他对"铁屋子"中国的洞察穿透较之鲁迅别有胜出处。在1935年发表的《新时代的旧悲剧》中,围绕陈老先生一家的荣衰,揭示了地方乡绅与官府倚势牟利及相互间勾心斗角的利害关系,尤其在习俗延绵和人际纽带等更属于社会机制运作的层面,不因为"新时代"而销声匿迹,才是真正的"悲剧"所在。

老舍有不少名作,如《二马》《离婚》《牛天赐传》和《骆

驼祥子》等。我们要谈的是《"火"车》这个短篇,发表在
1937年的《文学杂志》上(《老舍全集》,长江文艺,2004,第
11卷)。主题触及火车灾祸与铁路管理、政治与人心的腐败,
其深刻性在同类作品中可谓一时无二。张爱玲在《私语》里
说她和她母亲读《小说月报》上刊登的《二马》,一边读一边
笑。又说她觉得后来的《离婚》和《火车》都比《二马》写得
好(《流言》,皇冠,1968,页160—161)。

军阀霸占铁路,兵士占据火车飞扬跋扈,老百姓敢怒
不敢言,这些对于铁道系统尚属外伤,而铁路的财政收入、
人事与管理机制方面的腐败则属于内囊。包天笑在长篇小
说《风云变幻记》中有一回揭露铁路局黑幕(《小说画报》19
期)。一个次长为了讨好姨太太为她放专列"花车",沿途各
线火车一律让道,属下无不兴高采烈,借机迎奉拍马。大多
铁路借外债修建,却连年亏损还不起债,原因是铁路所得收
入全由交通部官员"中饱"。如货物托运这一项为转运公司
所垄断,实际上是官商勾结瓜分利益。小说里的交通部"梁

财长"即梁士诒，在 1919 年王钝根主编的《百弊丛书》中有所揭露，梁燕孙"管理铁路局，辖有京奉、京汉两大路，所入之丰冠诸京曹。凡任邮传尚侍者，莫不交通亲贵，馈遗贵要，而其资之所出，则铁路局实供其渑注"。梁在民初政坛上烜赫一时，每次出门"前后从马十三骑，色皆纯白，京谚所谓：

火车被毁，《点石斋画报》，1891

'遥看白马十三匹，知是黑心总长来。'"（中华图书集成公司，1919，页 40、20）

《"火"车》写一趟大年三十跑的车，中途起火，没及时扑灭，照样跑到终点。上级彻查，查不出原因，只是把老五——跟车的茶房开除。问题出在二等车厢里，有人醉酒抽烟点着了几包军人带的爆竹，大火蔓延烧光了二等车厢，殃及三等车厢。清点尸体六十三具都是三等车乘客，不包括二等厢里六个人，因为他们根本没买票。他们是肇祸者，死得莫名其妙，当然小说的讽刺意义还不止此。

火车着"火"意谓火车自身造成的惨剧，二等车厢是中心舞台，老舍准确而略带漫画地勾画出五个旅客的面目。中不溜秋的人物各有来头，共同特点是逃票或用"免票"（即内部优惠票），小崔是私贩土烟的，"他的瘦绿脸便是二等车票，就是闹到铁道部去大概也没人能否认这张特别车票的价值，"苟先生是宋段长的亲戚，"白坐二等车是当然的"。老舍让人看到的是这些人貌似体面，善于钻营，更重要的是那种沆瀣一气的社会关系与价值观念，那种习以为常烂到了根而不自觉的腐败，而这种不露声色的刻画正是老舍的厉害处。

随着情节发展，腐败的主题在加强。火车到了站，上来七八个大兵，搬上四大包花炮，长而大的爆竹，谁也不能问不能碰，那是军人跋扈的时代。来了几个查票的，明白"准是给曹旅长送去的！"二话没说就放过。当车厢起了火，火势在蔓延：

车入了一小站，不停。持签的换签，心里说"火"！持灯的放行，心里说"火"！搬闸的搬闸，路警立正，都心里说"火"！站长半醉，尚未到站台，车已过去；及到站台，微见火影，疑是眼花。持签的交签，持灯的灭灯，搬闸的复闸，路警提枪入休息室，心里都存着些火光，全不想说什么。过了一会儿，心中那点火光渐熄，群议如何守岁，乃放炮，吃酒，打牌，天下极太平。

凡是持签的换签的持灯的、路警站长都见火不救，心里知道是火，却集体麻木。惨剧过后，上上下下仍没动静，调查员到了，忙于请客应酬，三日酒肉之后又要忙着处理私事，延迟三日方着手调查。调查结果，从站长到检票员，谁都不知道起火原因。这火车悲剧几乎是一个中国寓言，人心与制度腐败至无形之中，且了无形迹，到得过且过、无人负责的境地，那是更为可怕的。

《"火"车》的语言风格在老舍作品中极其独特。至几个大兵把花炮搬上火车之后，叙事急转直下，在一段描写火车在"黑暗"中飞逝之后，叙事回到二等车厢，目睹了火车起火的关键瞬间："快去过年，还不到家！轮声在张先生耳中响得特别快，轮声快，心跳得快，忽然嗡——头在空中绕弯，如蝇子盘空，到处红亮，心与物一色，成若干红圈。忽然，嗡声收敛，心盘旋落身内，微敢睁眼，胆子稍壮，假装没事，胖手取火柴，点着已灭了的香烟。火柴顺手抛出。忽然，桌上酒气极强，碗，瓶，几上，都发绿光，飘渺，活动，渐高，四散。"这里描写回家心理与火车飞逝融为一体，显出作者在构思谋篇上的用心，不断重复的"快去过年，还不到家！"也将叙事速度旋得更紧。酒为火之媒，胖张的晕眩状、点烟手势和火燃的情状声色俱全，短词运用仍是主要修辞方式，体现了老舍在语言上的造诣。

老五是二等车厢里的唯一幸存者，贯串整个小说的真正主角。小说的结尾发人深省。因为"擅离职守"而被开除，老五回家告诉妻子，最后这样结尾：

"我倒不着急，"五嫂想安慰安慰老五，"我倒真心疼你带来那些青韭，也教火给烧了！"

这么"安慰"实在因为心疼老五，没在乎死了那么多人，可惜的是"那些青韭"。老舍是在讽刺老百姓的麻木，和他早些的《新时代的旧悲剧》里的意思相得益彰，点明"悲剧"之所在，然而这里的尖刻大约鲁迅也要自叹弗如了。

尾声：一个火车浪游者

　　本书的火车旅程行将告一段落，还记挂着一个文本，因为比较独特，没处归类。那是 1922 年《快活》杂志上题为《车尘》的短篇（4 期），以第一人称叙述一趟夜车之旅，在三等车里难以入寐思潮起伏的情状。一开始主人公就对火车对自己不满，觉得身处"车尘"滚滚之世："余恒以为轮车之为物，长日仆仆，但知驱人于忧思劳瘁之途，未尝引而致之佳境者，天下忍情之物，殆无有过此者。"对于机械的指责，早在庄子就有，这里指火车对人的感情的压制。接着又说到"车尘"：

　　自有轮轨以来，兹世争竞之风日以厉，奢靡骄

> 侈之俗日以长，而资本阶级之势力，亦赖此以奋张，
> 如蛟龙之跋浪。盖车尘起处，正不啻为人类痛苦所
> 化成者。我于此又悟得此火车者，盖承资本家之命
> 令，满载金钱之势力，以胁彼劳动者俯首受降也。

看出火车与"资本阶级"同谋，确属卓见，其时新文化运
动正取得话语权，《车尘》或许受到社会主义思潮的影响，但
不像李大钊鼓吹"阶级竞争"，主人公似意识到他会被指斥为
"顽固陈腐之人不知世界之大势"，他说不要搞错，论年纪我
要比诸公年轻呢。这篇小说使用文言，旧式圈点排印，从中
却迸发出新鲜思想。回想起朋友为他饯行，酒酣耳热，快意
相契，却觉得朋友这么做是出于世故。这么说朋友听了会不
开心，可是"世故者，盖人生涉世行事之程式也，譬之石膏制
之工艺品，必经模型而成，初不能与之相离。须知人生处处
为世故所拘，又安有自由之日？"凡在江湖上能意识到这一点
也不赖。夜深时车厢里人们进入梦乡，他仍然心潮难平，听

到四周旅客的梦呓，无非有关生存艰难日常焦虑，他又觉得："今夕车中之现象可代表人生之一切，彼乘客之梦，即吾人毕生所历之生活。而车轮之前进，犹之年华之递遭也，而以此人生生活，比之乘客之梦，尤确当而无讹。"古人作黄粱梦，今人也一样，只是在火车里做，被置于无休止的机械运动中。有意思的是和我们前面讲到的孙俍工的《前途》相仿，火车成为一个负载时间的比喻，然而没把火车看作历史前进的象

征，却重现了韶光易逝时不我与的千古感叹。

见到站上人群聚集，火车司机不顾旅客是否上车就开动，他禁不住愤怒跳了下去，醒来却是一梦。由司机迁怒于当权者："嗟乎！天下当国为政之人亦正类此，我侪小民以生命财产仰

沈禹钟

《快活》封面，1922

托于彼，视之甚重，顾彼当国者，又何尝置此小民生命财产于其眼中，但知攫民财而自肥，以日求妻妾舆马之美而已。"对民国政府的尖锐批评，在当时司空见惯。总之，文学中的火车形象没有更比这篇小说里来得那么可憎可怕，它代表资本阶级、腐败政治权力、对感情与自由的桎梏。主人公似乎愤世嫉俗、悲观无奈，又不尽然。小说大部分是与一个年轻旅客的对话，从陌生到畅谈，表现得彬彬君子，谈论人生经验，平凡而隽永。听青年在外打工，每月回家探望衰病的亲老，同情表示"然则赖有火车耳"，不是不明白火车带来的好处，何况自己也是个"车尘"中人。青年问他去哪里，他回答："余湖海为家，初无去住之定所。"几乎是个火车浪游者了。

这篇小说发表在以消闲为宗旨的《快活》上，内容却沉重而富于哲理，可谓异数，在当时新旧思想对峙的背景里，对于机械与物质现代性的强烈逆袭，保守却不无灼见，难得表达了一份独立自由的思考。作者沈禹钟，南社成员之一，二十年代发表了许多小说，不乏精辟之作，现在几乎被完全遗忘，在郑逸梅的《南社丛谈》中有他的小传。